Elle avait connu Ruy
plein de superbe

"Voici ton fils, que tu as renié dès sa naissance. Mais il est ton fils, Ruy, et il vivra ici comme c'est son droit."

"Tu as bien changé de ton," railla son mari. "Quand je t'ai épousée, tu disais souhaiter que je fusse pauvre, afin que nous puissions mener une vie simple. Aurais-tu pris conscience qu'un jour viendra où tu ne seras pas désirable?"

Les prunelles de Davina luisaient de rage mais il fit mine de ne rien remarquer.

"Un jour," poursuivit-il cruellement "il ne te restera rien, sinon les cendres d'un passé rempli de trop nombreuses histoires d'amour sans lendemain. Mon fils! Comment pourrais-je en être sûr?"

Ulcérée, Davina lui décocha une gifle retentissante.

AU PALAIS DES ORANGERS

Penny Jordan

Collection Harlequin

PARIS • NEW YORK • TORONTO

Publié en décembre 1983

ISBN 0-373-49373-8

Dépôt légal 4ᵉ trimestre 1983
Bibliothèque nationale du Québec et Bibliothèque nationale
du Canada.

Imprimé au Québec, Canada—Printed in Canada

1

L'avion n'atterrirait pas à Séville avant la nuit. Mais, en cette période de pleine saison, c'était le seul vol au départ de Heathrow sur lequel deux places avaient été disponibles sous un délai aussi bref.

La jeune femme passa une main fine et blanche dans sa lourde chevelure blond cendré. Elle changea de bras pour soutenir Jamie, son bébé, et une lueur attendrie voila ses yeux améthyste. Bébé... à trois ans, il se considérait comme un grand garçon. Elle avait souvent du mal à convaincre les gens qu'elle était sa mère. En effet, elle ne paraissait pas ses vingt-quatre ans, et il semblait incroyable que son corps svelte et gracile eût porté un enfant. En dépit de sa large alliance en or, elle savait que l'on se demandait si Jamie ne serait pas le fruit d'une erreur de jeunesse plutôt que d'un mariage. En quoi l'on se trompait lourdement. Elle avait bel et bien été mariée... Constatant que Jamie avait encore la bouche barbouillée de jus d'orange, elle fouilla dans sa poche à la recherche d'un mouchoir en papier. La lettre crissa sous ses doigts.

Elle n'eut pas besoin de la sortir et de regarder à nouveau son luxueux papier armorié. Elle en connaissait le contenu par cœur. Et il la mettait au supplice depuis maintenant quinze jours. Ses termes, d'une sècheresse lapidaire, ne pouvaient laisser imaginer qu'elle avait été dictée par des sentiments affectueux. Ce qui aurait d'ailleurs été impossible. Car les sentiments qui avaient autrefois uni Davina au père de Jamie appartenaient aux cendres du passé.

Si elle retournait en Espagne à bord de cet avion, c'était uniquement à cause de son fils. Elle l'emmenait voir son père qui lui était inconnu.

Elle jeta un coup d'œil sur le garçonnet endormi. Les signes de sa récente maladie étaient encore perceptibles sous son apparence de bébé joufflu. L'entérite avait quelque chose d'effrayant chez un bambin : on se trouvait réduit à espérer et prier. Le médecin avait assuré qu'il était guéri. Elle craignait cependant qu'un nouvel été médiocre ne l'affaiblisse et qu'il ne tombe de nouveau malade en hiver. Alors qu'en Espagne, il s'épanouirait dans la chaleur et le luxe qui étaient ses droits héréditaires. Sous un soleil radieux, sa peau prendrait la teinte acajou de celle de son père tandis que sa chevelure luirait du noir bleuté de l'ébène… Une chevelure qui, de temps à autre, lui rappelait Ruy d'une manière insupportable… Elle repoussa en arrière les boucles rebelles qui lui barraient le front. Le petit profil, même dans le sommeil, gardait une expression arrogante héritée d'une longue lignée d'aristocrates espagnols…

Davina avait fait de son mieux pour veiller sur Jamie. Mais cela était bien loin d'égaler ce que Ruy pourrait lui offrir. Grâce à ses illustrations de livres pour enfants, elle avait la chance de travailler à son domicile. Mais sans gagner assez pour vivre dans l'opulence, ni pour passer l'hiver, selon la suggestion du docteur, sous un climat plus clément que celui de l'Angleterre.

Jamie s'étira dans son sommeil, les paupières closes sur ses yeux, du même violet que ceux de sa mère. Celle-ci ne lui avait jamais menti. Dès qu'il avait été en âge de comprendre, elle lui avait expliqué que son père habitait très loin, dans un autre pays, sans trop entrer dans les détails. L'enfant s'était contenté de ces explications et n'avait manifesté ni étonnement ni chagrin.

A l'école maternelle, il avait rencontré d'autres petits qui vivaient seuls avec leur mère, et ne trouvait donc rien de bizarre à leur propre solitude. Ce qui n'était pas normal, songeait Davina, en se remémorant le mariage heureux de ses parents. Comment un enfant pourrait-il grandir en croyant que l'amour existe entre les adultes des deux sexes quand il n'est pas entouré d'un père et d'une mère manifestement unis ?

Pourtant, ce ne serait sans doute pas en observant Davina et Ruy que Jamie apprendrait quoi que ce fût de bon sur les relations humaines. Cette réflexion ramena les pensées de la jeune femme à leur point de départ : pourquoi Ruy lui avait-il écrit pour réclamer son fils... Maintenant ?

A l'époque de son départ, elle était persuadée qu'il demanderait le divorce, et chercherait à obtenir l'annulation de leur mariage catholique. Ce qui pouvait se faire de bien des façons, surtout quand on appartenait à une famille influente et richissime... Elle avait toujours déplu à la mère de son mari. « Déplu ! » Elle faillit en rire. Le qualificatif était faible pour décrire le mépris glacial que lui avait toujours manifesté la comtesse de Silvadores.

L'avion atterrit, et une hôtesse de l'air souriante vint prendre Jamie dans ses bras pendant que Davina rassemblait leurs affaires.

— Il est magnifique, déclara-t-elle ; mais il ne vous ressemble pas.

— Non, c'est tout le portrait de son père, répliqua Davina en s'efforçant de garder son calme.

Il lui en coûtait toujours d'admettre cette ressemblance frappante entre Jamie et Ruy : Ruy qui ne l'avait jamais désiré, ne le connaissait pas, ne lui avait pas envoyé un seul cadeau d'anniversaire ou de Noël, et qui, jusque-là, n'avait pas cherché à le voir. Même à présent, il avait laissé à sa mère — qui avait toujours bafoué et méprisé Davina — le soin d'écrire cette lettre la sommant de revenir au *Palacio de los Naranjos* le Palais des Orangers, résidence de la famille Silvadores, située au milieu des orangeraies dont l'arôme embaumait l'air au petit matin.

Un frisson la parcourut. Se méprenant, l'hôtesse pensa qu'elle avait froid et lui indiqua les bâtiments de l'aéroport, intriguée par cette jeune femme frêle à l'extrême. Sa beauté voilée de tristesse aurait pu inspirer un grand peintre de la Renaissance. D'où lui venait cet air mélancolique et résigné ? N'avait-elle pas tout ce qu'une femme pouvait souhaiter ? Jeunesse, beauté, cet adorable bambin et, quelque part, l'homme qui l'avait chérie suffisamment pour lui donner un fils ?

Quand Davina sortit de la salle des douanes, Jamie dans les bras, la douceur de la nuit espagnole et ses parfums réveillèrent des souvenirs. Elle se rappela l'époque où elle se promenait avec Ruy, main dans la main, à travers les vergers, pendant leurs fiançailles. Et l'instant où, plus tard, à la clarté de la pleine lune, il l'avait embrassée tout simplement sous les ombrages du parc, l'initiant et la troublant jusqu'à ce que sa passion égale la sienne. Elle avait été heureuse en ce temps-là... délirante de bonheur. Mais elle l'avait payé par la suite. Elle avait pensé que Ruy l'aimait ; elle ignorait alors qu'elle était seulement là pour remplacer la femme dont il était réellement amoureux, elle ne savait pas qu'il l'avait épousée uniquement afin de punir cette dernière.

Davina s'était crue au paradis, dans son jardin. Mais sans doute n'existe-t-il pas d'Eden sans serpent. Celui-ci avait pris pour elle la forme de la mère de Ruy, qui la détestait au point de lui avoir délibérément ouvert les yeux sur la vérité.

Et, à présent, Ruy souhaitait son retour... non, pas le sien. Celui de son fils. Vraisemblablement le seul qu'il aurait, annonçait la lettre. Jamie étant l'héritier de son père, sa place se trouvait auprès de lui : afin d'apprendre tout ce qu'il devrait savoir pour lui succéder comme les Silvadores l'avaient fait, de génération en génération, depuis le XVIe siècle. Cela, Davina l'admettait. Mais sans comprendre pourquoi Ruy n'avait pas cherché à retrouver sa liberté. La liberté d'épouser celle qu'il aimait depuis toujours et dont il aurait souhaité avoir un fils pour lui succéder.

— Davina !

Absorbée dans ses pensées, elle n'avait pas remarqué l'arrivée d'une imposante Mercedes, ni vu son conducteur en descendre et s'approcher. Elle sursauta et reconnut son beau-frère, dont elle se souvenait comme d'un adolescent, tandis qu'il ajoutait :

— Donne-moi le petit. Il a l'air lourd.

Le jeune homme lui prit l'enfant des bras avec une compétence qui l'aurait amusée quatre ans auparavant. Il avait alors dix-neuf ans et poursuivait ses études à l'université, où il étudiait la viticulture pour se préparer à reprendre la direction des vignobles familiaux. A présent, à vingt-trois ans, il paraissait beaucoup plus mûr. Bien qu'il ressemblât un peu à son frère, il ne possédait pas la même séduction virile que Ruy. Alors que ce dernier était mince et musclé, Sébastian manifestait une tendance à l'embonpoint qui le rendrait sans doute un peu lourd aux alentours de la quarantaine. Il était moins grand que Ruy et n'avait pas des traits aussi burinés. Il n'en était pas moins très beau garçon, surtout quand il souriait, ce qu'il fit en prenant son jeune neveu dans ses bras. Son sourire devint toutefois de pure convenance quand ses yeux se posèrent de nouveau sur Davina. Il lui fit prendre place dans l'automobile luxueuse, comme si elle était une parfaite étrangère, pendant que le porteur déposait ses bagages dans la malle arrière. Puis il se glissa derrière le volant et mit le contact.

Davina s'étonna que Ruy ne soit pas venu la chercher lui-même. Il devait cependant être impatient de voir Jamie, s'il avait permis à sa mère d'écrire pour réclamer sa présence.

Ils sortaient de la ville quand la jeune femme déclara ce qu'elle pensait du manque de courtoisie de son mari. Les yeux de Sebastian croisèrent les siens dans le rétroviseur. Elle se souvint alors qu'il avait toujours adoré et vénéré son frère aîné. Ils avaient douze ans de différence, et Ruy était déjà un homme alors que Sebastian était encore un écolier.

— Il n'a pas pu venir te chercher, fut la seule explication laconique de son beau-frère.

Davina se félicita d'avoir peu parlé à Jamie de sa rencontre avec son père. Car si le bambin s'était attendu à le voir à l'aéroport, il aurait été cruellement déçu. Davina était d'ailleurs surprise que Sebastian soit venu les accueillir, plutôt qu'un chauffeur en l'absence de Ruy.

La mère de Ruy, avant son mariage au comte de Silvadores, habitait en Amérique du Sud. Fille unique d'un riche industriel, élevée avec rigueur, elle n'avait jamais appris à conduire. Un chauffeur avait toujours été à son service pour l'emmener où elle désirait. Ce qui s'était révélé une source de dissentiment entre les deux femmes. Davina avait déjà trouvé assez difficile de s'adapter à sa condition d'épouse d'un riche aristocrate sans, de surcroît, se trouver contrainte à se comporter en héroïne du temps jadis, ne se déplaçant qu'accompagnée.

Elle poussa un soupir qui ramena de nouveau le regard de Sebastian sur son visage. Il songea qu'elle était vraiment belle, cette femme à la chevelure blond cendré qu'avait épousée son frère bien-aimé... encore plus belle à présent qu'au début de leur mariage. Il détailla rapidement son neveu. Sa mère serait contente. Jamie était un vrai Silvadores.

Des souvenirs oubliés revenaient à la mémoire de

Davina. Des souvenirs qu'elle s'était interdit d'évoquer, comme la splendeur des couchers de soleil, le parfum subtil des oranges dans l'air du soir, les paysans qui, auprès de leurs ânes chargés de paniers pleins, cheminaient lourdement en rentrant chez eux, l'air satisfait, à la fin d'une journée passée dans les champs.

Le *Palacio* se trouvait entre Séville et Cordoue. Ce voyage était le premier qu'elle avait fait avec Ruy après leur mariage. Aussitôt après la cérémonie, ils avaient pris l'avion de Cordoue à Séville...

Davantage pour couper court à ses pensées vagabondes que par curiosité, elle questionna Sebastian sur sa vie depuis son départ.

Il répondit poliment que, oui, il s'occupait de la direction des vignobles depuis la fin de ses études. Davina se rappelait vaguement une jeune fille espagnole que sa mère souhaitait le voir épouser. En effet, ils étaient mariés depuis deux ans.

— Mais, hélas, nous n'avons pas d'enfant, déclara-t-il tristement. Les médecins disent que Rosita n'en aura probablement jamais. A cause d'une opération de l'appendicite qui a provoqué des complications...

Il haussa philosophiquement les épaules et Davina plaignit intérieurement sa jeune femme. Elle connaissait toute l'importance attachée à la naissance des enfants — surtout de garçons — dans la famille de son mari. Sa belle-mère lui avait exposé assez souvent que, les Silvadores étant liés à l'histoire de l'Espagne depuis des centaines d'années, il fallait assurer la continuité de leur nom.

Elle comprenait soudain pourquoi ils désiraient que Jamie soit élevé en toute connaissance du rôle qui serait un jour le sien, bien qu'elle eût songé auparavant que Ruy, quand il aurait obtenu l'annulation de leur mariage, épouserait Carmelita et déshériterait Jamie en faveur des fils qu'elle lui donnerait. Elle s'était imaginé cela parce qu'elle ignorait les lois espagnoles en matière d'héritage. Elle avait quitté Ruy en se jurant de ne jamais lui demander un centime pour élever Jamie. Et elle s'en était tenue strictement à cette décision. Davina se promit de repartir immédiatement à la première suggestion que son retour en Espagne fût dicté par l'appât du gain. C'étaient eux qui souhaitaient la présence de Jamie. Elle, ne désirait rien de plus pour son fils que le rétablissement de sa santé. Mais comme l'avocat auquel elle était allée demander conseil l'avait souligné, si Ruy venait à réclamer la garde de Jamie par l'entremise de la justice espagnole, il se pourrait qu'elle lui fût accordée, l'enfant étant son héritier.

Devant l'idée de cette menace, Davina s'était résignée à se conformer aux termes de la lettre. Ainsi, au moins, elle ne serait pas séparée de Jamie.

— Nous allons arriver d'ici peu, déclara Sebastian en s'engageant sur la route qui commençait à monter vers la *Sierra de los Santos*. Madre t'a fait préparer un appartement. Elle a engagé une nourrice pour le petit, ainsi, il pourra apprendre un peu d'espagnol. Car, s'il n'est pas encore assez âgé pour recevoir de vraies leçons, il faut cependant qu'il apprenne la langue de son père...

Ces Espagnols étaient vraiment d'une arrogance insensée! songea Davina avec rage. Sa belle-mère semblait déjà prête à usurper son rôle. Eh bien, elle n'allait pas tarder à découvrir que Davina n'était plus une jeune fille timide et gauche, soucieuse de plaire et terrorisée. Elle allait vite s'apercevoir que Davina serait celle qui prendrait toutes les décisions concernant Jamie.

Cependant, quand la Mercedes s'arrêta dans la cour du magnifique palais maure, demeure de la famille de son mari depuis des siècles, elle dut admettre, en regardant Sebastian soulever le bambin endormi dans ses bras, que les Espagnols savaient admirablement prendre soin des enfants. Pendant qu'ils avançaient vers l'entrée du palais,

Jamie s'étira. Craignant qu'il ne s'éveille et prenne peur en pensant qu'elle l'avait abandonné, Davina se précipita pour lui tenir la main. Il ouvrit les yeux, et deux fossettes se creusèrent dans ses joues rebondies tandis qu'il souriait en lui tendant les bras. Elle le prit à Sebastian et, en l'embrassant tendrement, se sentit soudain inquiète.

Le passé ressurgissait tout à coup. Elle serait sans doute capable de ne pas se laisser émouvoir sentimentalement par son mari, mais ne pouvait se protéger contre ses souvenirs… les souvenirs de la première fois où elle avait pénétré dans cette maison, de son ravissement quand Ruy lui avait calmement expliqué que cette résidence avait été autrefois la demeure d'un prince maure, et que son architecture originale n'avait subi que très peu de modifications. Elle entendit le murmure des fontaines chantonner dans le patio qui avait naguère fait partie des appartements privés des femmes du harem. Et, avant même que ne s'ouvrent les lourds battants de bois, elle revit en esprit le ravissant carrelage en mosaïque du vestibule et sa gracieuse architecture mauresque. Tout était à la fois semblable et très différent… Elle était alors arrivée en compagnie d'un mari dont elle se croyait aimée aussi totalement qu'elle l'aimait. Cette fois, elle arrivait avec son fils : le fruit de cette union.

La porte s'ouvrit et, sous la lumière des lustres, Davina se trouva face à sa belle-mère qui les attendait, royale et féminine dans l'une des longues robes d'hôtesse qu'elle portait toujours le soir — toujours noires et élégantes. Davina avait été affreusement intimidée la première fois où elle avait été accueillie ainsi.

Mais elle ne le serait pas cette fois-ci. Assurément pas.

La tête haute, elle passa devant Sebastian et entra. Après un bref salut en réponse au sien, les yeux de sa belle-mère se posèrent sur Jamie, remplis d'une avidité qu'aucun savoir-vivre n'aurait pu dissimuler. Elle tendit

13

les bras, mais Davina ne lui donna pas Jamie, qui était très occupé à scruter son nouvel environnement.

Sebastian était entré dans le salon, s'attendant manifestement à ce que les femmes le suivent. Sa belle-mère fit signe à Davina de la précéder. Elle obtempéra, les jambes un peu tremblantes, s'efforçant de maîtriser son émotion.

La vaste pièce était telle qu'elle se la rappelait. Avec ses luxueux tapis persans et son mobilier ancien somptueux, cette pièce évoquait davantage un décor de cinéma que l'intimité d'un foyer. Elle sentit son cœur se serrer à l'idée de condamner Jamie à vivre dans une maison où il serait interdit à ses petits doigts curieux de toucher et d'explorer.

Une jeune fille, petite et mince, se leva d'un siège à leur entrée. Davina devina aussitôt qu'il s'agissait de la femme de Sebastian, Rosita, avant même de lui être présentée. Comme la comtesse, son attention se fixa immédiatement sur l'enfant que Davina tenait dans ses bras. Elle se retourna vers son mari et, d'une voix enrouée, murmura quelque chose en espagnol.

— Elle dit que Jamie ressemble beaucoup à Ruy, expliqua Sebastian à Davina.

— J'avais compris, déclara Davina.

Sa réponse laconique les avait tous surpris. Davina ne parlait pas espagnol quand elle s'était mariée avec Ruy, et n'avait pas fait beaucoup d'efforts pour l'apprendre, car lui parlait couramment anglais. Mais, à son retour en Angleterre, à la fois pour meubler sa solitude et en caressant l'espoir de s'être trompée, que Ruy l'aimait et viendrait la rechercher, Davina avait acheté une méthode espagnol avec des cassettes enregistrées. A sa propre surprise, elle avait constaté qu'elle faisait de rapides progrès, et Davina le parlait maintenant assez bien. Elle redressa le menton et déclara froidement :

— J'avais cru comprendre que Ruy était impatient de voir son fils. Où est-il ? Sorti avec Carmelita ?

Rosita blêmit et frissonna. Sebastian lui prit la main, livide lui aussi. Seule la comtesse ne parut pas perturbée par sa question. Qu'aurait-elle dû faire ? Feindre l'ignorance ? Feindre ne pas savoir que son mari était amoureux d'une autre ?

Davina entendit un bruit insolite résonner dans le vestibule avant que quiconque n'ait le temps de lui répondre. Sebastian s'approcha d'elle et lui toucha le bras, comme s'il s'apprêtait à lui expliquer quelque chose. Mais, avant même qu'il ait pu parler, Davina comprit pourquoi son mari n'avait pu venir la chercher à l'aéroport. Il venait d'apparaître dans l'embrasure de la porte à double battants qui était grande ouverte : dans un fauteuil roulant.

2

— Ruy ! s'exclama-t-elle, surprise et choquée, tandis qu'il observait sa mince silhouette, à demi dissimulée par l'enfant qui se trouvait dans ses bras, l'air abasourdie.

Puis son regard se posa tour à tour sur les membres de sa famille pendant que son visage se crispait de rage.

— *Madre de Dios !* jura-t-il. De quelle sorte de conspiration s'agit-il ? Que se passe-t-il ? Que fait-*elle* ici ?

Davina devint aussi blême que lui, le premier choc faisant place à l'effarement. Mais, sans lui laisser le temps de riposter, la comtesse prit la parole :

— Elle est venue parce que je le lui ai demandé, répliqua-t-elle en fixant son fils.

Davina ne prêta guère d'attention à cet échange. Elle était encore trop stupéfaite d'apercevoir Ruy, le robuste et l'orgueilleux Ruy dans un fauteuil roulant pour apprécier pleinement le geste de sa belle-mère.

— *Vous* le lui avez demandé ? s'enquit-il, les narines pincées. De quel droit ? ajouta-t-il d'une voix doucereuse. Je suis encore le maître chez moi, *madre*. C'est encore à moi de décider qui je souhaite voir demeurer sous mon toit, même si je ne peux plus marcher.

Tandis que sa colère était dirigée contre sa mère, Davina eut le loisir de l'examiner. Ce qu'elle voyait la choqua. Elle avait connu Ruy plein de superbe, grand et beau comme un dieu. Et elle devait honnêtement reconnaître avoir été séduite par sa grâce arrogante et sa violence latente sous le vernis de l'éducation. A présent, des rides de douleur couraient des ailes de son nez aux commissures de ses lèvres. Devant l'amertume exprimée par ses yeux sombres, elle étreignit Jamie trop fort par mégarde, lui faisant pousser un cri de protestation.

Ruy posa sur eux un regard courroucé, puis manœuvra son fauteuil, leur tournant le dos, et déclara sèchement à sa mère :

— Emmenez-la d'ici. Je ne veux plus jamais la revoir.

— Et ton fils ? murmura la comtesse.

Il fit de nouveau pivoter son siège et ses yeux se posèrent sur la petite silhouette blottie dans les bras de Davina.

— Mon fils, ou votre petit-fils, *madre* ? demanda-t-il sur un ton sarcastique. Dites-moi, si j'étais encore assez viril pour être à nouveau père, ou si Sebastian pouvait vous donner des petits-enfants, voudriez-vous encore de *cela* ?

Le terme méprisant ranima la colère que Davina avait maîtrisée devant la découverte de sa paralysie. Les prunelles luisant d'une rage aussi violente que celle de son mari, elle s'avança vers lui, la tête haute, inconsciente du ravissant tableau offert par son maintien et son visage défait.

— *Cela*, comme tu dis, se trouve être ton fils, jeta-t-elle. Que tu as renié dès sa naissance. Mais il est ton fils, Ruy, et il vivra ici comme c'est son droit...

— Tu as bien changé de ton, railla-t-il amèrement. Quand je t'ai épousée, tu disais souhaiter que je fusse pauvre, afin que nous puissions mener une vie « simple ». Qu'est-ce qui ne va pas, Davina ? Aurais-tu pris conscience que la jeunesse n'est pas éternelle ? Qu'un jour viendra où tu ne seras plus désirable ? Et qu'alors, il ne te restera rien, sinon les cendres d'un passé rempli de

trop nombreuses histoires d'amour sans lendemain?...
Mon fils! Comment pourrais-je en être sûr?

Ulcérée, Davina lui décocha une gifle retentissante qui résonna avec un claquement sec dans le silence. Atterrée, elle contempla fixement la marque rouge sombre de ses doigts sur la joue bronzée de son mari. Comment avait-elle pu manquer de sang-froid à ce point? Jamie remua de nouveau et, vraiment réveillé cette fois, observa son père. Davina n'arrivait pas à comprendre ce qui poussait Ruy à renier aussi froidement la chair de sa chair. Jamie lui ressemblait pourtant de manière évidente...

— Je suis désolée de t'avoir giflé, murmura-t-elle. Mais tu m'as provoquée. Imagines-tu un instant que je serais venue ici si Jamie n'était pas ton enfant?

— Je sais uniquement qu'après avoir disparu de ma vie, tu ne reparais aujourd'hui que sur la demande de ma mère. Je suis conscient que la perspective de passer le reste de tes jours dans le luxe, sans risquer d'être importunée par un mari infirme, en attendant que ton fils lui succède, ait pu te paraître alléchante...

— Assez, Ruy! l'interrompit sa mère. A vrai dire, j'ai laissé croire à Davina que je lui écrivais de ta part.

Il la dévisagea en silence, les sourcils froncés.

— Assez de ce stupide orgueil, reprit-elle avec un haussement d'épaules. Jamie sera probablement ton fils unique, et sans doute le seul héritier de cette maison. Il est juste et normal qu'il soit élevé ici...

Ce fut à cet instant que Jamie décida le moment venu pour lui d'intervenir. Il se débattit dans les bras de Davina en demandant à être posé par terre. Dès qu'elle eut obtempéré, il s'avança en trottinant solennellement vers le fauteuil roulant. La comtesse saisit Davina par le poignet, l'empêchant de s'élancer pour le retenir. Quand Jamie eut atteint son but, il leva sur son père ses yeux si semblables à ceux de sa mère, et dévisagea d'un air perplexe l'homme qui le toisait avec froideur.

— C'est lui, mon papa ? demanda le bambin en tournant la tête vers Davina.

Elle fit oui de la tête, la gorge nouée, et s'avança pour l'écarter de Ruy, comme si elle craignait qu'il brusque l'enfant. Jamie se retourna vers elle et demanda :

— Alors pourquoi il ne me parle pas ? Il ne m'aime pas ?

Les yeux de Davina s'embuèrent. L'instant qu'elle redoutait entre tous était arrivé : elle avait maintes et maintes fois envisagé avec angoisse comment expliquer à Jamie pourquoi son père l'avait rejeté. Mais, dans la pire des hypothèses, elle n'avait jamais imaginé devoir le faire devant Ruy.

Ce fut la comtesse qui vint à son secours. Posant la main sur l'épaule de Jamie, elle lui sourit en déclarant, pour une fois, d'une voix presque douce :

— Mais si, *pequeño*, il t'aime. N'est-ce pas, Ruy ?

— Quel homme pourrait renier la chair de sa chair ? rétorqua-t-il sur un ton doucereux.

Davina se demanda si elle était seule à se remémorer l'accusation qu'il venait de lui lancer quant à la paternité de Jamie. Elle était venue en Espagne à son corps défendant, et uniquement pour le bien de Jamie. Si on lui avait dit qu'elle insisterait pour rester alors que Ruy voudrait les rejeter, elle aurait protesté violemment. Elle n'était pas intéressée. Fortune ou rang social comptaient bien peu pour elle en comparaison de l'amour et du bonheur. Mais la condamnation glaciale de Ruy et sa froideur envers eux avaient éveillé ses instincts maternels les plus farouches. Pour le bien de son fils, elle était prête à supporter des avanies que, seule en cause, elle n'aurait pas tolérées un instant. Mais Jamie était le fils de Ruy, et il avait absolument le droit de se trouver là, au *Palacio*. Il y avait cependant un point qu'elle tenait à exprimer clairement à Ruy comme à sa famille.

— Jamie est ton fils, Ruy, déclara-t-elle calmement.

Oh, je sais pourquoi tu aurais préféré ne pas le croire. Je suis d'ailleurs étonnée que tu n'aies pas fait annuler notre mariage pour épouser Carmelita. Elle aurait alors pu te donner un fils pour évincer Jamie. Et tout ceci aurait été inutile.

Elle se figea en l'entendant éclater de rire.

— Rien n'est aussi simple, rétorqua-t-il. Jamie n'en serait pas moins resté mon héritier, qu'il soit ou non mon fils, uniquement parce qu'il porte mon nom...

— Est-ce à cause de cela que Carmelita a refusé de t'épouser ? demanda-t-elle en ne saisissant pas ce qui l'incitait à le provoquer de cette manière.

Peut-être était-ce la douleur lancinante qui, au plus profond de son être, refusait de s'apaiser : le souvenir de son chagrin en découvrant que Ruy ne l'aimait pas, qu'il s'était servi d'elle dans le seul but de se venger de la femme qu'il aimait.

— Carmelita ne se satisferait jamais de relations platoniques avec un homme, répliqua-t-il cruellement. Et comme je ne peux plus lui donner ce qu'elle veut, elle l'a trouvé ailleurs.

— Carmelita vient de se marier récemment, intervint Sebastian. Et elle est partie en Argentine avec son mari.

La situation apparut alors clairement à Davina. La comtesse avait toujours souhaité cette union avec Carmelita. Mais, ses plans se trouvant désormais réduits à néant, elle s'était rabattue sur ce qui restait : Jamie. La jeune femme se promit de veiller à ce qu'il ne devienne pas aussi froid et égoïste que son père. Elle ne permettrait pas qu'il soit élevé en imaginant que tout devait plier devant sa volonté, qu'il pouvait sauvagement et sans remords se permettre de fouler aux pieds les rêves et les espoirs des autres... comme Ruy avait saccagé les siens.

— La journée a été longue et Jamie est fatigué, dit-elle à sa belle-mère. Pourrait-on nous conduire à nos chambres...

— La maternité t'a enseigné le courage, ma blanche colombe, ironisa Ruy. Te voici bien froide et brave. Mais cette façade est-elle bien solide ?

— Elle est suffisante pour protéger mon fils, répliqua Davina avec un calme qu'elle était loin de ressentir, se demandant combien de temps elle résisterait à cette espèce de supplice mental et verbal avant de s'effondrer.

Mais elle se rasséréna en songeant qu'il éviterait sans doute de la rencontrer.

— Alors, tu as l'intention de rester ? s'enquit-il, l'observant d'un air impassible.

Supposant qu'il cherchait à l'effrayer pour la faire fuir une seconde fois, Davina redressa le menton fièrement et soutint son regard en déclarant :

— Oui, à cause de Jamie. Personnellement, je ne toucherai pas un centime de ton argent, Ruy. Mais Jamie est ton fils et...

— Et tu ne vois pas d'objection à t'emparer de ce qui lui appartiendra un jour, n'est-ce pas ? compléta Ruy.

Davina serra les poings. Il l'avait interrompue alors qu'elle s'apprêtait à expliquer que Jamie venait d'être malade, qu'en dépit de son apparence robuste, il avait besoin de reprendre des forces, et que pour le bien de son enfant, elle supporterait la torture et l'insulte de se sentir indésirable dans cette maison. Ignorant Ruy, elle se tourna vers la comtesse.

— Quelles chambres...

— Oui, *madre*, quelles chambres avez-vous fait préparer pour mon enfant et ma délicieuse épouse ? la devança-t-il, sarcastique. Celles de notre ancien appartement conjugal ? Je ne crois pas que cela convienne, railla-t-il en hochant la tête. Ce fauteuil roulant est sans doute une merveille, comme l'affirme le Dr Gonzales, mais je doute qu'il puisse monter des escaliers.

Davina ne fut pas la seule à rester bouche bée. Sa belle-mère elle-même pâlit et protesta :

— Voyons, Ruy, que signifient ces extravagances ? Il va de soi que Jamie et Davina auront leur appartement.

— Ils viendront dans le mien, corrigea-t-il d'une voix autoritaire. Je ne tiens pas à ce que les domestiques colportent des ragots à propos de ma femme qui, après m'avoir quitté, reparaît quand je ne suis plus capable de remplir mon rôle de mari. Eh bien, ajouta-t-il à l'adresse de Davina, tu ne trouves rien à redire ? Ne vas-tu pas m'annoncer que tu préfères rentrer en Angleterre plutôt que de supporter l'affront de partager la chambre — le lit — d'un estropié ?

A la seule idée de l'intimité que cela impliquait, Davina sentit son cœur se serrer : peut-être n'était-il plus capable de remplir le rôle d'un mari, selon ses propres termes, mais il était toujours un homme — celui dont elle avait été follement amoureuse. Et, bien que son amour pour lui soit mort, ses souvenirs, eux, restaient vivaces.

— Tu ne réussiras pas à me décourager, Ruy, répondit-elle calmement. Quoi que tu fasses, j'ai l'intention de rester, dans l'intérêt de Jamie.

Il fallut appeler une servante pour lui donner des instructions afin de préparer le nécessaire. Puis Sebastian et Rosita prirent congé tandis que Davina, tout à coup effrayée, envisageait de se rétracter, d'annoncer qu'elle préférait repartir. Jamie, qui s'agrippait à elle pour se soutenir, l'abandonna brusquement pour retourner vers Ruy. Il l'observa d'un air perplexe, et, tandis que Davina l'écoutait, il déclara sur le ton de la conversation :

— Moi aussi j'ai une poussette. Je m'assieds dedans et maman me pousse quand je suis fatigué. Et toi, qui te pousse ?

— Je peux me conduire tout seul, répondit Ruy laconiquement mais, à l'étonnement de Davina, tout en lui montrant comment il déplaçait le fauteuil.

L'attention de Davina fut attirée par un changement dans le maintien de sa belle-mère. Celle-ci détourna les yeux, mais pas assez vite pour lui dissimuler qu'ils brillaient de larmes contenues. Davina la prit en pitié pour la première fois. Elle avait agi d'une manière dangereuse en les faisant venir à l'insu de Ruy. Elle risquait de se l'aliéner complètement. Son regard retourna vers lui, et sa gorge se noua en voyant les deux têtes brunes l'une près de l'autre. Ruy avait assis le bambin sur ses genoux, et Jamie observait sérieusement les commandes du fauteuil.

— Il est tout le portrait de Ruy, murmura la comtesse, paraissant soudain très vieille.

Davina dut se forcer pour se rappeler son accueil glacial dans cette même pièce quand elle y était arrivée pour la première fois comme la femme de Ruy. Le problème venait de ce qu'elle ne s'était pas attendue à de l'hostilité. Pas davantage, d'ailleurs, qu'à tomber amoureuse de Ruy. Tout s'était passé très rapidement — trop rapidement. Pourquoi l'avait-il demandée en mariage ?... Pour se venger ? Cette pensée la fit frissonner. Il fallait qu'un homme fût très cruel pour se détourner de celle qu'il aimait, et en épouser une autre, simplement pour la punir de l'avoir contrarié. Cependant, quand elle l'avait rencontré, elle avait pensé qu'il était l'homme le plus charmant de la terre — et le plus beau.

C'était à Cordoue. Davina était allée passer ses vacances en Espagne, attirée par ses monuments historiques. Depuis sa plus tendre adolescence, elle avait été fascinée par l'histoire de ce pays façonné pendant plusieurs siècles par les califes et les savants maures qui lui avaient légué non seulement leurs œuvres d'art mais aussi leur fougue et leur flamme.

Elle était vouée à s'éprendre de Ruy avant même de l'avoir vu, songea-t-elle ironiquement. Car il lui était apparu comme un héros chevaleresque, arrivant au bon moment pour mettre en fuite, par quelques mots cinglants, une bande d'adolescents qui l'importunaient. Il

24

l'avait ensuite invitée à prendre un café et questionnée sur ce qui l'avait amenée en Espagne. Pendant ce temps, la gratitude de Davina pour son intervention opportune se transformait en adoration. Lui se trouvait à Cordoue pour des affaires en relation avec la *feria* — dont le premier jour était marqué par un lâcher de taureaux dans les rues de la ville avant le début des corridas. Sa famille possédait en effet une *hacienda* d'élevage de taureaux de combat.

Davina l'avait écouté, fascinée par son magnétisme et par la sonorité mélodieuse de son accent espagnol qui ressortait quelquefois.

Elle avait accepté de l'accompagner voir des gitans danser le *flamenco*. Le vrai *flamenco*, aussi différent du spectacle donné à l'intention des touristes que de l'eau tiède du champagne.

Ils étaient partis avant le final, avant le point culminant d'une danse d'un érotisme si explicite que du feu s'était répandu dans les veines de Davina rien qu'à la regarder. Son visage l'avait involontairement trahie pendant qu'elle contemplait les danseurs. Ruy n'avait pas vécu vingt-neuf ans sans connaître les femmes. Et ce qu'il avait lu sur le visage de Davina lui avait démontré clairement l'ampleur de son innocence.

Elle découvrit seulement par la suite que son destin s'était joué à cet instant.

Quand Ruy l'avait demandée en mariage, croyant l'amour qu'il lui avait inspiré en une brève semaine payé de retour, elle s'était sentie étourdie de bonheur. Mais elle ignorait, en acceptant de l'épouser, qu'il souhaitait uniquement l'utiliser comme instrument de torture contre la femme dont il était en réalité amoureux.

Ils s'étaient mariés simplement, selon la religion de Ruy. C'était à l'église, au moment de la cérémonie nuptiale, que Davina avait découvert que son mari avait un titre de noblesse. Il avait manifesté un peu d'amusement quand elle avait craintivement fait remarquer qu'elle ne se sentait pas capable d'apprendre à tenir le rôle d'une comtesse, épouse d'un grand d'Espagne. Mais quand son amusement avait cédé le pas à de l'impatience agacée, Ruy lui avait soudain fait peur. Une peur vite oubliée sous la caresse brève mais enivrante de ses lèvres contre les siennes.

Il n'avait pas cherché à la séduire avant leur mariage. Et, dans sa naïveté, elle avait pris ce manque de désir pour une marque de respect. Après son retour en Angleterre, elle s'était souvent demandé s'il aurait ou non revendiqué ses droits, la première nuit de leur arrivée au *Palacio,* si elle ne lui avait pas laissé voir son envie de lui… Son intention avait dû être de faire annuler leur mariage quand il aurait jugé Carmelita domptée. Mais Ruy était avant tout homme d'honneur. Après l'avoir prise pour femme, de fait, il ne pouvait être question d'y rien changer. Ni pour l'un ni pour l'autre. Jusqu'au moment où, après avoir conçu son fils, elle avait appris l'humiliante vérité. Comment aurait-elle alors pu rester ? Elle avait auparavant soupçonné que tout n'allait pas entre eux pour le mieux, en réussissant cependant à se bercer d'illusions. Quand cela était devenu impossible, elle s'était enfuie à Londres, emmenant Jamie avec elle et laissant à sa belle-mère le soin de révéler à son fils la bonne nouvelle qu'il était libre…

Libre… Son regard revint irrésistiblement se poser sur l'homme assis dans le fauteuil roulant et, pendant un bref instant, son amertume fit place à la pitié. Ruy ne serait plus jamais libre. Ruy, dont le magnifique corps viril lui avait révélé toute la signification de sa féminité, ne pourrait plus jamais monter à cheval, nager ou danser.

— Regardez-la ! s'écria-t-il, interrompant le fil de sa réflexion. Elle pleure. Pourquoi cela, mon adorable épouse ? A l'idée de partager mon lit et d'être éventuellement tourmentée par le souvenir du plaisir auquel je t'avais autrefois initiée ?

— Ruy ! s'exclama sa mère, ulcérée.

— Quoi donc, *madre ?* rétorqua-t-il d'une voix amère. Devrais-je renoncer à parler d'amour à cause de mon infirmité ? Ou trouveriez-vous de tels propos déplacés de la part d'un homme dans mon état ? Vous qui m'avez annoncé que la femme dont j'étais amoureux m'avait quitté...

Ainsi, c'était la comtesse qui lui avait appris l'abandon de Carmelita... A la place de la jeune fille, songea Davina, rien n'aurait pu la conduire à le délaisser. En dépit de son handicap physique, c'était toujours le même homme, très séduisant ! Choquée et ahurie par ses pensées, elle écarquilla ses yeux violets pour contenir ses larmes. Son amour pour Ruy était mort. Seul Jamie comptait pour elle désormais. Comme si elle avait voulu se le confirmer, elle tendit les mains et se pencha pour reprendre l'enfant. Ses cheveux frôlèrent le menton de Ruy qui eut un mouvement de recul. Davina souleva son fils, consternée de constater qu'elle s'était mise à trembler. Quel pouvoir exerçait donc cet homme sur elle pour que, même à présent, son mépris la bouleverse ?

Davina fut soulagée que Jamie lui fournisse une excuse pour détourner les yeux ; elle était certaine que Ruy la foudroyait d'un regard méprisant. Elle mobilisa toute son attention sur le babil du petit garçon.

Un homme au visage grave entra silencieusement et alla se tenir derrière le fauteuil de Ruy qui, sarcastique, déclara :

— Voici Rodriguez, mon valet de chambre. Le troisième membre de notre nouveau « ménage à trois ». Tu devras t'habituer à sa présence, car il accomplit pour moi les menues tâches que je ne suis plus capable de faire seul. A moins que tu ne tiennes à le remplacer... par pénitence... Tu aimais mon corps, Davina, quand il était physiquement parfait. Il serait peut-être juste que tu supportes maintenant son infirmité.

— Ruy !

Davina crut tout d'abord la protestation de sa belle-mère dictée par l'indélicatesse des propos de son fils, mais songea qu'elle avait manqué de clairvoyance en l'entendant continuer :

— Tu le sais, le médecin affirme que ta paralysie n'est pas incurable. Qu'il est possible d'y remédier...

— En me faisant traîner à quatre pattes comme un animal. Oui, je sais, rétorqua Ruy sur un ton agacé, avec une grimace de dégoût. Non, merci, *madre*. Vous n'êtes déjà que trop intervenue dans ma vie.

Son regard revint se poser sur Davina et l'enfant qu'elle tenait dans ses bras, et il ajouta :

— Rodriguez va nous conduire à mon appartement.

Après avoir dévisagé la comtesse avec un air implorant qui resta sans effet, Davina suivit à contrecœur le valet de chambre dans un long couloir qui partait du vestibule en direction de pièces que Ruy lui avait autrefois décrites comme un « appartement de célibataire ». Il lui avait expliqué que c'était une coutume, pour les jeunes gens de sa famille, de vivre à l'écart de leurs sœurs et de leur mère passé un certain âge.

Pour autant qu'elle s'en souvienne, il était assez grand, disposé autour d'un patio. Quand Rodriguez ouvrit la porte à doubles battants donnant sur le salon, Davina entendit le murmure des fontaines au-dehors et comprit ne s'être pas trompée.

Par contraste avec le reste du palais, la décoration était simple, avec un mobilier clair, aux lignes sobres, où l'ancien se mêlait harmonieusement au moderne. La mosaïque bleu sombre du sol était couverte de somptueux tapis persans dans des tons de bleu et d'écarlate. Quelques magazines étaient posés sur une table basse en marbre, disposée stratégiquement auprès d'un canapé en cuir crème. Davina sentit de nouveau son cœur se serrer de pitié à l'idée que Ruy soit réduit à se contenter de distractions aussi passives.

— Tu te souviens de cette partie de la maison ?

Elle resta muette, se refusant à le regarder. C'était là qu'il l'avait conduite, après cette horrible scène avec sa mère, quand celle-ci l'avait accusée de lui avoir tendu un piège, de l'avoir obligé à se marier pour faire d'elle une honnête femme. C'était dans cette pièce qu'il avait séché ses larmes avant de l'emmener dans le patio, où elle s'était désespérément jetée dans ses bras. Puis ils étaient allés dans l'orangeraie et...

— J'ai faim ! lança Jamie. Maman, j'ai faim !

— Vous entendez cela, Rodriguez ? demanda Ruy en arquant les sourcils. Mon fils à faim. Il n'est pas encore habitué à nos horaires.

Un sourire éclaira les traits sévères du valet de chambre.

— Maria va te préparer une *paella* et tu auras des oranges fraîches, cueillies sur l'arbre, promit Ruy au bambin. Mais il faut que tu patientes un moment.

Davina fut un peu surprise de la réaction immédiate de Jamie à l'autorité de la voix de son père. Peut-être était-il vrai que tous les garçons avaient besoin de la fermeté de l'influence paternelle. Mais Ruy ne laisserait-il pas sa rancœur manifeste contre elle gâcher ses relations avec son fils ? Si elle avait su que l'invitation n'émanait pas de lui, Davina ne se serait jamais hasardée au *Palacio*. Mais, curieusement, elle n'avait pas non plus très envie de rentrer en Angleterre.

Les portes-fenêtres donnant sur le patio étaient grandes ouvertes et l'odeur épicée des orangers embaumait l'air du soir, évoquant celui où Jamie avait été conçu. A cette époque, elle croyait que Ruy l'aimait. Elle ne le savait pas encore amoureux de Carmelita.

Une petite pièce attenante au salon avait été transformée en cuisine. Sans doute pour que Ruy puisse être complètement indépendant quand il le souhaitait. Ce qui ne devait pas manquer d'arriver souvent. Car il y avait certainement des moments où son orgueil supportait mal la pitié silencieuse de sa famille, et où il préférait souffrir loin de leurs yeux. Cependant, il avait insisté pour qu'elle et Jamie partagent son appartement et ainsi son tourment...

Après la cuisine, une salle spacieuse avait été convertie en chambre à coucher. Davina prêta peu d'attention à son mobilier somptueux, le regard rivé sur un très grand lit, l'améthyste sombre de ses yeux masquant la crainte qu'il lui inspirait.

— Où est mon lit? demanda tout à coup Jamie, brisant le silence. Et celui de ma maman?

— Celui de ta maman est ici, répondit Ruy doucement avant de se tourner en murmurant quelque chose à Rodriguez, qui s'éloigna d'un pas feutré et disparut par une porte se trouvant à l'autre bout de la pièce.

Quand il fut sorti, Ruy reprit:

— La salle de bains se trouve derrière cette porte. Elle est contiguë à une pièce servant de vestiaire, assez grande pour être la chambre de Jamie temporairement.

— Je dormirai avec lui, répliqua Davina bravement.

En Angleterre, son appartement n'était pas grand, et le petit lit de Jamie se trouvait dans sa chambre. Elle craignait que le bambin ne soit effrayé de dormir seul dans une pièce. Elle tenta de l'expliquer à Ruy qui la coupa d'un ton cassant:

— Tu dormiras ici. Dans cette pièce. Dans mon lit, Davina. Autrement, je ferai loger Jamie ailleurs. M'as-tu bien compris?

— Mais pourquoi?

Il la dévisagea longuement avant de répondre et, pour la première fois, elle remarqua toute l'ampleur de son amertume.

30

— Pourquoi ? Parce que tu es ma femme, murmura-t-il sur un ton suave. Parce que je n'ai l'intention de supporter les regards apitoyés, ni de mes domestiques ni de ma famille. Je ne veux pas que l'on attribue le retour de ma femme au fait qu'elle sache n'avoir plus à subir la dégradation de partager mon lit. C'est bien le terme que tu avais autrefois employé, n'est-ce pas ? poursuivit-il, impitoyable. Une dégradation de la pire espèce ? Eh bien, tu n'as pas la moindre idée de ce que cela signifie. Mais tu vas l'apprendre en partageant cette chambre avec moi, en devant assister aux contraintes abjectes auxquelles mon... incapacité me condamne. En fait... s'interrompit-il, observant le visage blême de Davina avant de lui saisir le poignet, je trouve que tu *devrais* remplacer Rodriguez.

Elle poussa un gémissement de douleur, n'arrivant pas à croire que l'étreinte violente de ses doigts durs et tièdes puisse être celle d'un homme ne jouissant plus de toutes ses capacités musculaires.

— Je t'ai fait mal ? Tu devrais être heureuse de ressentir la douleur, continua-t-il, l'air sinistre. *Madre de Dios,* comme j'aimerais le pouvoir !

La gorge nouée, Davina ravala sa salive. En dépit de l'obstination qu'il mettait à s'efforcer de la blesser et de l'humilier, elle ne pouvait s'empêcher de le plaindre. Pour lui qui avait toujours trouvé sa robustesse normale, ce devait être un supplice d'en être privé. Un supplice qui aurait dû lui procurer une espèce de satisfaction, songea-t-elle, en se remémorant la manière dont il l'avait fait souffrir par le passé. Mais elle n'éprouvait que le désir confondant de tendre la main vers son front, pour relever la mèche brune soyeuse qui le barrait, et de le prendre dans ses bras pour le réconforter comme elle le faisait avec Jamie... Cette découverte stupéfiante la rendit un instant aveugle à son environnement, au mobilier somptueux qui l'entourait, au lit en bois sculpté, aux tapis persans, aux meubles anciens, à la beauté de la demeure ayant abrité la famille de son mari depuis des générations.

Rodriguez fit soudain son apparition, apportant ses valises. Elle le suivit à travers la salle de bains, où la baignoire, encastrée dans une fosse, était en malachite vert jade et le carrelage du sol en mosaïque bleu foncé. La petite pièce attenante était meublée simplement d'un lit à une place et d'une commode en bois sculpté. Quand Rodriguez se fut retiré, Davina déshabilla Jamie et lui fit faire une rapide toilette avant de le coucher. Pendant ce temps-là, il n'arrêtait pas de babiller, tandis qu'elle répondait à ses questions mécaniquement, l'esprit obnubilé par Ruy.

A peine venait-elle de mettre Jamie au lit que la porte se rouvrit, cette fois devant une femme apportant un plateau d'où s'élevait une délicieuse odeur. Jamie avait toujours eu bon appétit, et apprécia la *paella*. Il la dévora avec un plaisir si manifeste que Davina dut se retenir pour ne pas éclater de rire. Contrairement à ses craintes, Jamie avait l'air de très bien s'adapter à son nouvel environnement.

Elle attendit qu'il soit endormi pour retourner dans l'autre pièce où, à son soulagement, elle vit Sebastian en train de parler avec Ruy.

— Ruy, tu ne veux vraiment pas revenir sur ta décision ? demandait-il quand elle entra. Tu dois sans doute souhaiter épargner à Davina la...

— La vue de mes membres invalides ? rétorqua Ruy sèchement. Pourquoi ? Est-ce que je ne dois pas les supporter, moi ? Non, Sebastian, il est inutile de plaider en faveur de ma femme. Serait-ce un sentiment de culpabilité qui te conduit à le faire, petit frère ? Après tout, si tu avait donné un petit-fils à *Madre*, Davina ne se trouverait pas ici, n'est-ce pas ?

Un bruissement avait sans doute trahi la présence de

Davina car les deux hommes se tournèrent vers elle en même temps.

— Ah, te voilà, lança Ruy sur un ton faussement tendre. Tu arrives juste pour m'aider à me changer avant le dîner.

— Tu ne peux pas exiger une chose pareille, Ruy ! intervint Sebastian, courroucé. Tu ne peux pas souhaiter faire subir un pareil affront à ta femme... Comment va Jamie ? demanda-t-il à Davina en se tournant vers elle. S'est-il bien adapté ?

— Mieux que je l'espérais, lui répondit Davina.

Devant son air embarrassé et son regard navré, elle comprit pourquoi il s'était montré aussi désinvolte envers elle à l'aéroport. Sa mère avait dû lui recommander de ne pas la mettre au courant de l'état de Ruy. Et il se sentait à présent coupable en voyant de quelle manière son frère la traitait.

— Rosita a intérêt à se méfier, déclara Ruy, sarcastique, après le départ de Sebastian. La sollicitude de mon petit frère envers toi est on ne peut plus touchante. J'espère que tu as une toilette plus convenable que cela à porter pour le dîner, ajouta-t-il en détaillant sa mince silhouette d'un air critique. Tu n'as sans doute pas oublié qu'ici, au *Palacio*, nous observons les usages.

Elle ne l'avait pas oublié. Depuis la naissance de Jamie et sa fuite en Angleterre, elle n'avait pas eu les moyens de s'offrir des robes du soir. Mais elle avait encore celles que Ruy avait tenu à lui acheter après leur mariage... quand il s'était aperçu que celui-ci était irrévocable et s'était efforcé de s'en accommoder du mieux possible. Elle eut un sourire amer et, pour la première fois, entrevit qu'il lui avait fourni une arme dont elle pourrait user contre lui. S'il tenait vraiment à ce qu'elle remplace son valet de chambre, elle pourrait éventuellement rendre les menus services intimes que cela impliquerait, atrocement humiliants, et se venger ainsi des humiliations qu'il lui avait fait subir autrefois !

— Va te préparer pour le dîner, lui ordonna-t-il sur un ton sec.

— Ne veux-tu pas que je commence par t'aider ?

Une intonation dans la douceur de sa voix dut le mettre sur ses gardes :

— Non, pas ce soir, rétorqua-t-il, cassant, en fronçant les sourcils. J'ai faim, et je n'ai pas envie que tu mettes un temps fou à faire ce qui prendra quelques minutes à Rodriguez.

3

Davina avait autrefois supporté de nombreux dîners protocolaires au *Palacio*, mais aucun n'avait jamais mis ses nerfs à aussi rude épreuve, songea-t-elle au cours de ce repas qui lui semblait interminable.

Elle avait à peine touché à son verre de xérès. Du xérès Silvadores, provenant de leur propre *bodega*, près de Cadix. Le meilleur *fino* qui soit, d'une saveur sèche et franche. La première fois qu'elle l'avait goûté, Davina l'avait trouvé trop sec. Mais l'habitude avait fini par former son goût. Elle se souvint de ces longs après-midi nonchalants au bout desquels on servait ce vin, accompagné de *tapas*, dans le patio. Et ce souvenir l'assombrit, comme de trop nombreux autres.

Elle contempla d'un œil morne l'argenterie et la verrerie en cristal qui luisaient doucement sur la table. Quant aux assiettes en porcelaine fine, elle les savait quelconques en comparaison des somptueux services de Sèvres ou de Meissen enfermés avec les plats en or datant de l'époque du comte qui avait navigué aux Amériques. La fortune de la famille provenait de nombreuses sources : des vignobles donnant le célèbre xérès, de terres à travers toute l'Espagne, de l'élevage de taureaux à l'*estancia*, de diverses entreprises commerciales comprenant l'implantation d'ensembles immobiliers touristiques luxueux. Mais c'était ici, dans ce palais maure, que se trouvaient leurs racines les plus profondes. Et Ruy était le seul maître de cet empire.

Comment son accident s'était-il produit ? Comment s'était-il trouvé privé de son indépendance ? Le regard de Davina glissa vers lui, à l'autre bout de la table. A le voir assis, nul n'aurait pu soupçonner que les muscles puissants qui bougeaient souplement sous son veston de smoking étaient les seuls qui avaient été épargnés.

A mesure que le repas se poursuivait, des scènes du passé resurgissaient dans sa mémoire avec une netteté surprenante. Ruy nageant dans la piscine... Ruy à cheval... Ruy dansant... embrassant... Un long frisson la parcourut, et elle s'efforça de ne plus songer qu'au présent. Elle essaya de se persuader que la justice divine avait frappé Ruy en châtiment pour l'avoir utilisée, cruellement et impitoyablement, pour reconquérir la femme qu'il adorait et qui l'avait maintenant abandonné. Pourquoi Carmelita avait-elle agi ainsi ?

Davina était mariée depuis quelques semaines quand l'Espagnole provocante lui avait rendu visite, dans cette même demeure, corroborant les propos déjà tenus par sa belle-mère. Ruy l'aimait, avait-elle assuré. Il était entendu depuis des années qu'ils se marieraient ensemble. Ils étaient amants et sur le point d'annoncer leurs fiançailles quand ils s'étaient querellés. Par défi, parce qu'elle n'acceptait pas son autorité, Ruy avait alors épousé sur un coup de tête une demoiselle anglaise douce et soumise, aussi différente que possible d'une séduisante Espagnole à la chevelure sombre comme la nuit et aux lèvres pulpeuses. Mais il lui reviendrait, avait affirmé Carmelita. Une écolière insignifiante comme Davina ne saurait retenir longtemps un homme tel que Ruy. Il fallait pour cela une femme capable de comprendre la complexité de son tempérament fougueux, une femme comme Carmelita.

Cependant, Carmelita l'avait quitté. Parce qu'il n'était plus le même qu'autrefois. Parce qu'il n'était plus capable de chevaucher plus vite que le vent ni de l'aimer passionnément jusqu'à ce que l'aube blanchisse le ciel. Ou parce que son orgueil n'aurait pu accepter de lui donner des enfants qui seraient passés en second, après le fils de son épouse anglaise ? Qui aurait pu le dire ?

Davina était bien placée pour savoir que le masque souriant de la courtoisie espagnole dissimulait des mystères insondables.

Le dîner tira finalement à sa fin. Mais sans que Davina se sente détendue. Le regard implacable de Ruy lui apparaissait comme celui d'un bourreau s'apprêtant à donner le dernier tour d'écrou à un chevalet de torture.

Pendant tout le repas, elle s'était efforcée de répondre aussi poliment que possible aux questions de sa belle-mère sur l'éducation de Jamie. Fut une époque, elle aurait pu se sentir intimidée par cette femme dont de nombreux ancêtres avaient été familiers de rois et de reines. Mais quand il s'agissait de Jamie, Davina entendait avoir l'entière responsabilité de son éducation. Et elle l'avait posément et clairement exposé à la comtesse.

Au moment où elle avait compris être enceinte de Jamie, son chagrin l'accablait trop pour s'en soucier. Car elle venait alors d'apprendre la trahison ignoble de Ruy. Et pourquoi il passait de si nombreuses heures loin du *Palacio* — loin d'elle. L'enfant qu'elle portait lui avait semblé inséparable de sa peine. Mais celle-ci s'était plus ou moins dissipée à sa naissance, estompée par la force de l'amour qu'elle avait alors éprouvé pour Jamie. Elle s'était juré que son fils ne serait pas élevé dans une maison où l'on dédaignait sa mère, quoi qu'il puisse lui en coûter. Sa belle-mère avait apporté une contribution efficace pour la décider à s'enfuir : en lui montrant ces maudites photos de Ruy et Carmelita, ensemble à l'*estancia*, pendant qu'elle, sa femme, donnait le jour à son fils dans la solitude. Elle avait quitté la clinique et pris un avion pour Londres, sans savoir ce qu'elle y ferait, mais certaine de devoir quitter l'Espagne et Ruy avant que son amour pour lui achève de la désespérer.

Elle avait eu de la chance — beaucoup de chance, songea-t-elle ironiquement. Le fait d'être lauréate d'un concours organisé par un magazine féminin lui avait valu un contrat pour illustrer un feuilleton de ce journal. Ce qui l'avait conduite à continuer de gagner sa vie en faisant des illustrations de livres pour enfants. Davina n'était pas riche, mais suffisamment pour s'être acheté un petit appartement dans un village du Pembrokeshire, et elle gagnait assez pour vivre avec Jamie dans un confort modeste. Mais pas assez pour emmener le bambin passer l'hiver au soleil comme il en avait besoin pour reprendre des forces.

Après le dîner, pendant que Rodriguez servait le café dans le salon, Sebastian vint s'asseoir près d'elle.

— Il faut essayer d'excuser Ruy, murmura-t-il, l'air gêné, pendant que son frère parlait avec le valet de chambre. Il a beaucoup changé depuis son accident. Ce doit être très dur à supporter pour lui qui était si..., s'interrompit-il, hésitant.

— Viril ? proposa Davina avec ironie. Oui, bien sûr, continua-t-elle en voyant le jeune homme rougir légèrement, je me doute du supplice qu'il doit endurer. Mais une chose m'intrigue : comment ta mère a-t-elle osé lui cacher qu'elle m'avait demandé de venir ?

— Tu as vu la réaction de Ruy, répliqua-t-il en haussant les épaules. Elle se doutait de ta réaction si elle t'avait exposé la vérité. Elle n'ignorait pas non plus que Ruy s'opposerait à ton retour. Il a son orgueil...

— Et la femme qu'il aime l'a quittée, le coupa Davina.

Sebastian eut l'air surpris et mal à l'aise

— C'est vrai, convint-il. Mais mon frère n'est pas homme à s'imposer à une femme qui ne partage pas ses sentiments. Tu n'as pas à te faire de souci sur ce plan, Davina.

— Je ne m'inquiète pas, rétorqua-t-elle sèchement. J'ai bien compris que ma présence ici est tolérée pour une seule raison. A cause de Jamie. Du fils que Ruy a toujours renié... dont il essaye encore aujourd'hui de prétendre qu'il ne serait pas lui...

Le téléphone sonna, offrant à Sebastian une excuse pour s'éclipser. Davina étouffa un bâillement et ferma les yeux, avec l'intention de se reposer un bref instant. Mais quand elle les rouvrit, le salon n'était plus éclairé que par une seule lampe projetant une tache de lumière rose diffuse sur un tapis persan ancien.

— Je crois me rappeler que tu avais déjà eu naguère de la difficulté à t'adapter à nos horaires, déclara Ruy.

— Tu aurais dû me réveiller.

Un coup d'œil sur sa montre lui confirma qu'il était tard : près de deux heures du matin. Ils étaient seuls. Elle se sentit d'autant plus vulnérable en songeant que Ruy l'avait regardée dormir. Il l'avait observée pendant ses moments d'abandon les plus complets. Non, pas les plus complets, réfléchit-elle aussitôt. Ceux-là, elle ne les avait connus que dans ses bras. Un frisson la parcourut, tandis que la lumière découvrait l'expression railleuse de Ruy.

— Pourquoi trembles-tu ainsi, *querida ?* demanda-t-il. Aurais-tu peur de moi ? D'un homme incapable de se déplacer sans le secours de ce fauteuil ? Craindrais-tu un tigre en cage alors qu'il ne t'intimidait pas en liberté ?

Elle se retint de répliquer qu'un tigre en cage pouvait se montrer féroce, poussé à lacérer et déchirer simplement parce qu'il était emprisonné, de la même manière que Ruy. Il était si près qu'elle pouvait sentir la tiédeur de son haleine et se souvint, la gorge nouée, du goût de ses lèvres sur les siennes.

— De quoi as-tu si peur, ma petite épouse ? Que je cherche à tirer vengeance de ton abandon, de la privation de mon fils ?

— Tu aurais pu venir nous chercher si tu l'avais vraiment souhaité, répliqua-t-elle sur un ton uni.

Il grommela un juron entre ses dents, les yeux assombris de colère.

— Attendais-tu donc d'un mari qu'il ne cesse de faire ses preuves, Davina ? Et l'homme avec qui tu es partie ? Cet Anglais qui signifiait davantage pour toi que tes vœux de mariage... qu'est-il devenu ? S'est-il désintéressé de toi à partir du moment où tu as renoncé à t'appeler comtesse de Silvadores ?

La jeune femme n'avait jamais réussi à envisager ce titre en rapport avec elle. Mais, ahurie par les propos de Ruy, elle ne prêta guère attention à cette insidieuse remarque. Du jour de sa rencontre avec Ruy, aucun autre homme n'avait compté pour elle, à part son fils. Et il osait lui reprocher un amant imaginaire alors que lui...

— Il n'y avait personne ! protesta-t-elle, furieuse.

— Vraiment ? grinça-t-il. Tu mens, *querida*. On t'a vue avec lui à Séville. Il est d'ailleurs notoire que tu as quitté l'Espagne en sa compagnie, et emmené Jamie avec vous.

Davina se souvint tout à coup d'un compatriote britannique, blond et barbu, qu'elle avait rencontré à Séville. Il était peintre. Et ils avaient lié conversation en raison de leur passion commune pour la peinture. Davina se souvint vaguement que sa belle-mère les avait aperçus en train de bavarder avec enthousiasme sur la terrasse d'un petit café. Elle avait alors attribué l'air méprisant de sa belle-mère au fait de la voir prendre un café dans un établissement miteux. Mais à présent, tout s'éclairait : la comtesse avait cru à une aventure. Voilà pourquoi Ruy avait tellement hésité à croire que Jamie était de lui... et elle ne l'avait pas aidé. Morfondue d'avoir été ainsi utilisée, elle avait tu sa grossesse pendant plusieurs mois.

— Au moins, tu reconnais maintenant que Jamie est ton enfant, répliqua-t-elle laconiquement, songeant que leurs désaccords n'avaient guère d'importance.

La seule chose qu'elle ne pouvait tolérer, c'était que la paternité de Jamie fût mise en doute.

— C'est ce que tout le monde soutient, convint Ruy amèrement. Il a sans doute été conçu pendant notre lune de miel, avant...

— Avant que je n'apprenne pourquoi tu m'avais épousée ? le coupa Davina.

Après avoir été mise au courant des sentiments de Ruy pour Carmelita, elle avait catégoriquement refusé de continuer à partager son lit, en dépit du regret que cela lui causait. Elle ne parvenait pas à s'endormir avant l'aube, torturée par le souvenir de la douceur de s'endormir dans ses bras. Tout ce que son corps connaissait du plaisir, elle l'avait appris par lui. Bien qu'il ne l'aimât pas, il avait cependant pris le temps de l'initier tendrement aux plaisirs de l'amour.

Absorbée dans ses réflexions, elle n'avait pas remarqué que Ruy avait roulé son fauteuil à l'autre bout de la pièce. Elle s'en aperçut en sentant l'odeur des oranges embaumer l'air. Il avait ouvert la porte-fenêtre donnant sur le patio et lui tournait le dos, contemplant le ciel nocturne.

A mesure que le parfum subtil se répandait dans la pièce, les souvenirs affluaient en masse à la mémoire de Davina. Elle se remémora son arrivée au Palais des Orangers : ce premier dîner abominable au cours duquel, furieuse d'avoir été contrariée par son fils, la comtesse avait déchaîné son amertume contre elle. Interdite, Davina avait éclaté en sanglots et Ruy l'avait emmenée dans le salon de l'appartement qu'il occupait à présent, où il avait séché ses larmes en lui promettant que tout irait mieux le lendemain matin. Puis il avait suggéré qu'ils aillent se promener dans l'orangeraie pour la calmer.

La nuit était douce, les étoiles brillaient dans le ciel et l'odeur des fruits flottait autour d'eux. Ruy l'avait prise par le bras — davantage par courtoisie que par désir, comprenait-elle maintenant. Et si elle n'avait pas trébuché contre une touffe d'herbe, tout aurait peut-être été différent. Ruy s'était penché pour la retenir, et ils avaient tous deux basculé par terre. Sous les orangers, elle l'avait alors contemplé avec un regard qui dévoilait son cœur et le suppliait silencieusement de faire d'elle sa femme.

Il lui avait semblé qu'il se rétractait. Mais, sans honte, croyant qu'il partageait son amour et n'était retenu que par un sentiment de convenance, elle avait noué ses bras autour de son cou, pressant ses lèvres contre sa gorge, savourant le goût de sa chair tiède. L'issue était inévitable.

Ruy s'était montré très tendre et attentionné. Elle n'avait compris que plus tard, à la réflexion, que s'il avait été amoureux d'elle, il lui aurait sans doute été difficile de montrer autant de modération. Ces instants de passion resteraient à jamais gravés dans sa mémoire. Depuis lors, l'odeur de la peau de Ruy demeurait indélébilement liée dans son esprit à celle des oranges. A tel point qu'elle avait été incapable d'en manger une après son départ...

Au palais, ils avaient alors des chambres communicantes. Et, aussi tard qu'il fût quand Ruy rentrait, Davina se rendait dans sa chambre, le suppliant muettement de la prendre dans ses bras. Grand Dieu ! Elle s'était vraiment comportée comme une parfaite idiote ! Il ne l'avait jamais aimée. Il n'avait jamais éprouvé que de la pitié pour elle.

Elle avait tout découvert pendant qu'il se trouvait à Cadix, en voyage d'affaires à la *bodega*. Elle avait voulu l'accompagner mais il avait préféré partir seul, lui assurant qu'il ne serait pas absent longtemps. Il ne l'avait pas été. Mais cependant assez pour que sa belle-mère et Carmelita lui révèlent la vérité, faisant éclater son univers en morceaux. Au retour de Ruy, elle était installée dans une autre pièce. Il ne lui avait jamais demandé ce qui avait motivé sa décision, et elle ne le lui avait jamais expliqué. Elle n'avait pas fermé l'œil au cours des premières nuits, espérant en vain qu'il vienne la retrouver. Mais pourquoi l'aurait-il fait alors qu'il était épris de Carmelita ? Carmelita qui avait dans les veines l'un des sangs les plus nobles de l'Espagne. Carmelita dont le tempérament fougueux était assorti au sien. Carmelita dont la beauté voluptueuse lui donnait, à elle, l'air d'une timide violette auprès d'une rose épanouie.

C'était pendant cette absence de Ruy que Davina avait rencontré Bob Wilson à Séville, et qu'elle avait été vue en sa compagnie par sa belle-mère. C'était au cours de cette même semaine qu'elle avait commencé à penser attendre un enfant de Ruy.

— As-tu l'intention de passer toute la nuit ici ? L'idée de partager mon lit te répugnerait-elle au point de préférer dormir assise dans un fauteuil ? Comme tu as changé ! railla-t-il. Je me souviens d'un temps où tu pensais différemment.

Il éclata d'un rire sans joie en la voyant blêmir et reprit :

— N'aie pas l'air si effrayée, *amada*. Je ne peux plus aller me promener avec toi dans l'orangeraie ni donner libre cours à une émotion aussi éternelle que l'homme...

Bouleversée par ce qu'évoquait ces propos tenus sur un ton désinvolte, elle se leva en répliquant avec amertume :

— Je suis surprise que tu t'en souviennes. Après tout, cela se passait il y a bien longtemps et n'avait pas beaucoup d'importance.

— Crois-tu ?

Davina eut l'impression que le visage de Ruy se crispait tandis que son regard se voilait de tristesse. Il s'agissait sans doute d'un jeu d'ombres, supposa-t-elle. Car il n'y avait aucune raison pour que Ruy soit attristé par le souvenir de leur mariage. A moins qu'il ne le soit à l'idée de ce dont cette simple cérémonie l'avait privé.

— Imagines-tu qu'un homme puisse oublier si facilement ses vœux? Je ne suis pas comme toi, Davina. Je ne peux pas traiter cela à la légère.

Serait-ce pour cela qu'il n'avait pas encore cherché à demander le divorce? se demanda Davina, étonnée par une nuance de mélancolie dans la voix de Ruy pendant qu'il prononçait ces derniers mots. Le sacrement du mariage était pris très au sérieux en Espagne. Mais Ruy devait assurément y avoir réfléchi avant de s'engager? Mais il avait alors l'intention d'en faire un simple arrangement de convenance, se rappela-t-elle, tout à coup accablée par un sentiment de culpabilité. Si elle ne s'était pas jetée à sa tête avec naïveté, il aurait pu retrouver sa liberté pour épouser Carmelita.

Elle se retourna vers lui impulsivement, sa chevelure nimbée d'argent pas le clair de lune, les yeux luisant mystérieusement d'un violet très sombre, avec une expression inconsciemment implorante.

— Ruy, je sais que nous ne sommes pas dans une situation idyllique. Mais faut-il obligatoirement que nous nous comportions en ennemis? Pour le bien de Jamie, ne pourrions-nous essayer d'oublier notre différend? De...

Il poussa un juron qui la fit se pétrifier sur place.

— Que pourrais-tu avoir à m'offrir? rétorqua-t-il, blême de rage. Ta pitié? Je n'en veux pas. Tu es ici parce que je le tolère. Un point c'est tout, Davina. Allons, viens. Il est grand temps de nous retirer.

Elle s'avança vers son fauteuil mais Ruy lui fit signe de le précéder. En dépit de ses propos du début de soirée, elle s'attendait plus ou moins à trouver Rodriguez dans l'appartement. Mais quand Ruy eut allumé la lumière dans sa chambre, elle découvrit qu'il n'était pas là.

Elle s'apprêtait à sortir de la pièce pour vérifier que Jamie allait bien quand Ruy la saisit par le poignet. Son étreinte la fit grimacer de douleur. Quel que fût l'état des muscles inférieurs de son corps, ceux de ses bras et de son torse avaient gardé la même force.

— Oh, non, tu ne t'en tireras pas aussi facilement, se moqua-t-il. Tu as librement décidé de rester ici, ma chère épouse, et tu dois maintenant assumer les tâches que t'inflige le destin.

Davina aperçut sur le lit une robe de chambre en éponge qui était manifestement celle de Ruy, ainsi que l'une des chemises de nuit en soie qu'elle avait apportées.

— Je me demande à quoi pouvait penser la femme de chambre qui a disposé ces affaires, railla Ruy en suivant son regard. Crois-tu qu'elle s'apitoyait sur ton sort parce que tu es condamnée à partager le lit d'un homme qui n'en est plus un?

— Assez! s'écria Davina en se bouchant les oreilles pour ne plus entendre le rire sarcastique de Ruy.

Mais il emprisonna ses mains, si bien qu'elle fut obligée de l'écouter poursuivre impitoyablement, d'une voix glaciale:

— J'ai souvent souhaité me dissimuler la vérité, mais Dieu ne m'en a pas accordé la possibilité. Qui sait, peut-être que cette nuit, avec toi à mes côtés, je risque de découvrir un remède aux cauchemars qui me hantent. Aide-moi à me déshabiller, ordonna-t-il brusquement. Cette soirée a été longue... sans doute la plus longue que j'aie jamais connue.

Davina glissa un coup d'œil hagard vers la porte et s'humecta les lèvres.

— Probablement que Rodriguez...

— Rodriguez dort à cette heure-ci, la coupa Ruy sur un ton agacé. Tu ne voudrais tout de même pas que je le réveille à cause de ta répugnance égoïste à voir mon corps? Que redoutes-tu le plus? De voir mes membres invalides ou d'être obligée de toucher la peau insensible de mes muscles flasques ?

Il semblait très calme. Mais, derrière le sarcasme de ses propos, Davina devinait son amertume contenue. Ce qu'elle craignait, sans pouvoir le lui avouer, c'était qu'il finisse pas trouver trop pénible de les torturer ainsi tous deux et perde son sang-froid. Car en agissant ainsi, il se torturait lui-même, révélait ses blessures les plus intimes. Souhaitant apaiser son tourment comme le sien, elle commença à déboutonner sa chemise. C'était une tâche qu'elle avait accomplie des milliers de fois pour Jamie, et qui n'aurait dû lui poser aucun problème. Mais la douce peau brune que frôlaient ses doigts n'était pas celle d'un enfant. Et elle évoquait de manière insupportable la force et la chaleur de son corps possédant le sien.

— Tu étais plus rapide autrefois, lança Ruy doucement. Tes doigts tremblaient tout autant, mais c'était de désir et non de peur que brillait alors ton regard bouleversé.

Elle termina de déboutonner sa chemise, essayant de ne pas se rappeler comment, autrefois, elle caressait son torse de ses lèvres, enivrée par le contact et l'odeur de sa peau, aveugle à tout ce qui n'était pas lui.

Elle se penchait pour enlever ses chaussures quand un cri s'éleva dans l'autre pièce. Jamie ! Elle se redressa aussitôt tournant les yeux vers la porte. Ruy l'observa et murmura :

— Tu dois beaucoup tenir à cet enfant que je t'ai donné pour t'en préoccuper autant. Je me demande bien pourquoi ?

— Il vient d'être malade, chuchota-t-elle en se souvenant à quel point il l'avait été. Excuse-moi, il faut que j'aille le voir, déclara-t-elle.

Jamie serrait son vieil ours en peluche, les yeux écarquillés de peur.

46

— Maman, j'avais besoin de toi et tu n'étais pas là, l'accueillit-il. J'ai eu peur !

— De quoi, mon chéri ? s'enquit Davina, s'agenouillant près de lui pour relever la mèche d'épais cheveux bruns, si semblables à ceux de son père, qui lui barrait le front. Tu es tout à fait en sécurité ici. Tu as ton ours pour veiller sur toi, et maman dormira dans la pièce à côté.

— Je veux que ce soit comme à la maison, protesta Jamie. Je veux que tu dormes dans ma chambre.

Réprimant un soupir, Davina lui expliqua que ce n'était pas possible. Sa chambre était trop petite, lui dit-elle, et il n'y avait pas assez de place pour un autre lit.

Elle pouvait partager le sien, proposa Jamie. Davina lui répliqua qu'il n'était pas assez grand. Il avança que son père pouvait prendre cette petite chambre, qu'il y aurait alors assez de place pour Jamie et elle dans le lit de Ruy.

Soupirant à nouveau, Davina lui rappela que les mamans et les papas dormaient dans le même lit, comme dans son livre d'histoires, tout en réfléchissant que si Jamie semblait accepter la présence de son père sans trop de curiosité, cette affaire de la chambre commune allait sans doute se révéler plus problématique.

Pendant que le bambin était malade, le médecin lui avait dit qu'il n'était pas raisonnable de le garder auprès d'elle. « Une jolie jeune femme comme vous… finira par se remarier, avait-il déclaré sur un ton bourru. Et Jamie risque de le prendre mal si cette situation se poursuit trop longtemps. »

Davina attendit d'être certaine que Jamie dormait profondément avant de retourner dans la chambre de Ruy. Une seule lampe tamisée éclairait la pièce. L'espace d'un instant, Davina songea que Ruy avait retrouvé son bon sens et décidé de la laisser seule avec Jamie. Mais cette idée fut vite démentie quand, une fois accoutumée à la pénombre, elle distingua une forme sur le grand lit à deux places. Le fauteuil roulant était soigneusement plié auprès du chevet. Elle fronça les sourcils. Comment Ruy avait-il fait pour terminer de se déshabiller seul et s'allonger sans encombres ? Son impotence serait-elle moins grave qu'elle n'avait pensé ?

— Vas-tu venir te coucher, ou comptes-tu rester là toute la nuit comme un oiseau effarouché ?

Elle sursauta et répliqua :

— Dans un instant. J'aimerais d'abord prendre un bain.

La salle de bains était en elle-même un lieu somptueux. La baignoire, au ras du sol, était assez profonde et large pour contenir deux personnes. Comment Ruy faisait-il pour y descendre ? s'interrogea-t-elle en versant dans l'eau des sels de bains parfumés à la rose avant de s'y plonger avec délices.

Dix minutes plus tard, rafraîchie et détendue, Davina sortit du bassin de marbre vert jade et tendit la main vers la serviette qu'elle avait préparée. Elle aperçut son reflet dans un miroir mural accentuant la sveltesse de son corps à la peau claire, à la taille fine et aux hanches souples, aux seins ronds. Depuis la naissance de Jamie, sa silhouette était devenue plus voluptueuse. Détournant les yeux de la glace, elle se sécha et enfila sa chemise de nuit.

Dans la chambre, elle trouva sa brosse à cheveux posée sur la coiffeuse en bois verni ornée d'un nécessaire contenant des peignes d'écailles anciens superbes et des pots de cosmétiques. Davina lissa sa chevelure automatiquement. Elle ondulait naturellement et nécessitait peu de soins, excepté des mises en plis et de vigoureux brossages. Elle cascadait sur ses épaules en un flot argenté. Davina s'avança vers le lit à pas feutrés, et prit garde de ne pas déranger la silhouette immobile allongée de l'autre côté en se glissant dans l'agréable fraîcheur de draps en fine toile de lin. Pendant les dix mois du début de leur mariage, Ruy et elle n'avaient jamais dormi ensemble une nuit entière. Ils avaient toujours eu chacun leur chambre. Il lui sembla tout à coup très bizarre qu'ils partagent maintenant la même, alors qu'ils n'avaient jamais été plus désunis.

En dépit de la respectable distance qui les séparait, elle sentait la chaleur émanant de son corps tandis que le sien était ridiculement sensible au rythme profond de sa respiration. Son esprit était tourmenté par le souvenir de la douceur de sa peau mate. Le corps de la jeune femme était tendu comme un ressort.

— Endors-toi, Davina.

Persuadée qu'il dormait, elle fut surprise au point de fermer docilement les yeux et de se pousser craintivement au bord du matelas. De toute façon, même s'il l'avait voulu, il n'aurait pu se rapprocher d'elle.

Tandis que le sommeil la gagnait, elle continuait de chercher à nier l'évidence, se répétant que son amour pour Ruy était mort, définitivement mort, et que rien ne saurait le ressusciter. Mais, en son for intérieur, une petite voix lui murmurait doucement : « Menteuse ».

4

Quand elle se réveilla, les rayons d'un soleil éclatant entraient à flot par la fenêtre aux rideaux grands ouverts, et Jamie lui tirait le bras.

— Vite, maman, viens voir papa nager avant qu'il s'arrête, implora-t-il avec impatience. Il nage encore plus vite que Superman !

Davina cligna des yeux tandis que les événements de la veille lui revenaient en mémoire. Son imagination lui jouait-elle des tours ou Jamie racontait-il des histoires ? Comment Ruy, confiné dans un fauteuil roulant, pourrait-il nager ?

— Vite, maman. Vite ! insista Jamie.

Son fils était habillé, coiffé, et portait un short et un tee-shirt propres. Ses sandales étaient convenablement attachées, et tous ses boutons se trouvaient dans les bonnes boutonnières. Or, Jamie n'était pas encore tout à fait capable d'exécuter ces menues besognes.

Quelqu'un avait dû s'en charger. Elle jeta un coup d'œil circulaire sur la pièce, puis sursauta et remonta les couvertures en voyant Rodriguez entrer.

— Rodriguez, mon papa est toujours dans l'eau ?

Le sourire chaleureux du valet de chambre pour le petit garçon rappela à Davina que les Espagnols adoraient les enfants. Et, d'après le naturel avec lequel Jamie lui parlait, il l'avait manifestement pris en amitié.

— Rodriguez m'a aidé à me laver et à m'habiller après avoir aidé mon papa, expliqua Jamie. Tu dormais encore. Je voulais te réveiller, mais papa a dit de te laisser dormir. Je vais prendre mon petit déjeuner dans le patio avec papa. Nous aurons du jus d'orange fait avec des vraies oranges. Et ensuite, Rodriguez m'emmènera pour me montrer où elles poussent.

Tout en songeant qu'elle aurait dû être contente de le voir s'adapter aussi vite, elle se sentit un peu peinée par ses propos. Son bébé s'était transformé du jour au lendemain en petit garçon indépendant qui préférait la compagnie de son propre sexe à la sienne.

— Eh bien, si nous prenons le petit déjeuner dans le patio, il faut que je me lève et m'habille pour ne pas le manquer, dit-elle avec une gaieté qu'elle ne ressentait pas.

— Oui, acquiesça Jamie. Dépêche-toi. Et viens nous regarder nager. Moi aussi je vais nager, maman. Papa a dit que je pouvais si tu es là pour me surveiller. Rodriguez a trouvé ma bouée...

La natation était sa plus récente passion. Depuis peu, Davina l'avait emmené régulièrement à la piscine, sur le conseil du médecin, afin de redonner de la force à ses muscles affaiblis pendant sa maladie. Elle glissa un regard vers le valet de chambre qui, comme s'il avait deviné ses pensées, proposa poliment :

— Si vous le souhaitez, je le surveillerai pendant que vous vous habillez, *Excelentisima*.

L'utilisation de son titre résonna bizarrement aux oreilles de Davina, bien qu'elle s'y fût accoutumée pendant les quelques mois du début de son mariage.

La jeune femme enfila rapidement un tee-shirt lilas rehaussant la couleur de ses yeux, et une jupe porte-feuille en cotonnade fleurie soulignant la longueur de ses jambes et la finesse de sa taille. Cette tenue simple lui allait à ravir bien qu'elle en fût inconsciente. Elle contempla son reflet dans le miroir avec une moue dubitative en songeant aux modèles de haute couture que portaient sa belle-mère et Carmelita. Il lui était bien entendu impossible de rivaliser avec elles. D'ailleurs, pourquoi l'aurait-elle souhaité ?

Elle redressa la tête et partit en direction de la piscine. En dépit de l'heure matinale, l'air était déjà tiède et le soleil assez brillant pour amener Davina à éprouver le besoin de chausser ses lunettes de soleil en apercevant le miroitement de l'eau.

Elle entendait Jamie rire aux éclats, et découvrit pourquoi en arrivant au détour du patio ; Ruy jouait avec lui au ballon. Un gros ballon de plage multicolore vers lequel il agitait ses petites mains potelées de bébé, et il était maintenu sur l'eau par des brassards pneumatiques sous le regard vigilant de Rodriguez.

Père et fils étaient si absorbés par leur jeu qu'ils ne remarquèrent pas l'arrivée de la jeune femme. Davina les contempla, le cœur serré par une émotion dont elle préféra ignorer la raison. Avec l'eau ruisselant sur sa peau brune, ses cheveux noirs humides plaqués sur son front, Ruy aurait pu être l'amant qu'elle avait connu autrefois. A le voir fendre l'eau énergiquement en poussant la balle vers Jamie, elle trouvait difficile de croire qu'il fût vraiment paralysé, de croire que ses membres puissants n'éprouvaient plus la moindre sensation... Elle ravala sa salive en se râclant la gorge, attirant l'attention des baigneurs.

— Regarde, maman ! lança Jamie joyeusement. Regarde mon papa nager. Il nage plus vite que personne d'autre au monde.

Son petit Jamie. Comme il acceptait aisément le rôle de Ruy dans sa vie !

Elle entendit Rodriguez s'éloigner derrière elle, sans

doute pour aller chercher le petit déjeuner à présent qu'elle était là pour veiller sur Jamie... et sur Ruy. Car s'il avait dans l'eau la vivacité d'un poisson, il était aussi désemparé en dehors. Quand elle vit que Jamie se fatiguait, elle se rendit sur la margelle et s'accroupit sur le carrelage en lui tendant les bras. Sa chevelure était aussi mouillée que celle de Ruy, plaquée sur sa tête, réplique exacte de celle de son père. Il rayonnait de joie quand Davina le souleva.

— Bientôt, dit-il pendant qu'elle le séchait avec une serviette-éponge, je nagerai aussi vite que mon papa.

Elle jeta un coup d'œil derrière elle, espérant à moitié voir Rodriguez sortir de la maison. En traversant le patio, elle avait constaté que la table était dressée pour le petit déjeuner, et savait par expérience que Ruy prenait des petits pains frais croustillants avec du miel. Ce qui ne demandait pas longtemps à préparer. Elle chercha des yeux les vêtements de Jamie avant de se souvenir qu'il était en maillot de bain.

— Ne bouge pas d'ici pendant que je vais chercher ton short et un tee-shirt, ordonna-t-elle.

A son retour, Rodriguez n'était toujours pas là. Mais une jeune bonne se précipita vers elle, chargée d'un plateau sur lequel se trouvaient un bol et un paquet de flocons de céréales. Souriante, la jeune fille indiqua par des gestes que c'était pour Jamie. Davina lui demanda de le poser sur la table et alla retrouver le bambin qui l'attendait patiemment, assis au bord de la piscine, contemplant Ruy qui était encore dans l'eau.

En plein soleil, la peau du petit garçon semblait anormalement pâle. Davina l'enduisit de lait solaire avant de l'habiller, puis planta fermement un chapeau en toile sur ses cheveux bruns, et le confia à la domestique pour le faire déjeuner.

Rodriguez brillait toujours par son absence. Le peignoir de Ruy était posé sur son fauteuil. Davina lança un regard perplexe vers l'autre bout de la piscine, où Ruy faisait paresseusement la planche sur l'eau bleu vert, se demandant si elle devait rester ou pouvait partir. Car le voir bouger avec tant de souplesse lui rappelait trop douloureusement les quelques brèves semaines de bonheur arrachées au destin avant que la vérité ne vienne briser ses rêves stupides à tout jamais.

Il se retourna brusquement et nagea nonchalamment jusqu'au bord du bassin. Il secoua l'eau de ses cheveux, les yeux fermés, et les rouvrit en la fixant. Davina comprit à son regard qu'il ne l'avait pas remarquée jusque-là. Il eut tout à coup un air figé qui transforma son visage en masque impassible.

Elle jeta de nouveau un coup d'œil alentour, cherchant le valet de chambre. Et, ne l'apercevant pas, elle se précipita vers le patio, espérant l'y trouver auprès de Jamie. Le bambin prenait son petit déjeuner sous la surveillance de la jeune bonne qui ignorait où se trouvait Rodriguez. La jeune femme se mordit les lèvres, dans une grande perplexité. Elle était certaine que Ruy ne pourrait sortir seul du bassin. Puis elle se rappela ses menaces de la veille. Attendait-il son aide ? Mais comment pourrait-elle soulever un homme qui devait peser plus du double de son propre poids ? Elle devait retourner expliquer à Ruy qu'elle allait se mettre à la recherche de Rodriguez.

En arrivant à la piscine, Davina eut un choc : par un effort surhumain, Ruy avait réussi à se hisser hors de l'eau et était allongé à plat ventre sur le carrelage. Elle s'approcha de lui en tremblant, craignant qu'il ne fût évanoui tellement il était inerte, fixant le dos de son large torse acajou s'amincissant à la taille et ses hanches étroites. Ses muscles ondulèrent sous la peau et il se retourna, lançant sur un ton railleur :

— Eh bien, vas-tu rester immobile là toute la journée à me détailler comme si tu n'avais jamais vu un homme, ou vas-tu me prêter assistance ? A quoi t'attendais-tu ? A quelque difformité obscène ?

Il se redressa en s'agrippant à son fauteuil et Davina se précipita instinctivement pour le soutenir en le saisissant par la taille. Elle eut l'impression de recevoir une décharge électrique en sentant sous ses paumes la tiédeur humide de sa peau. Elle se sentit envahie par une chaleur étrange, une sensation presque oubliée, et elle se mit à trembler en la reconnaissant. Elle cligna des paupières pour essayer de contenir les larmes qui lui venaient aux yeux. Mais que lui arrivait-il ? N'avait-elle pas déjà pris une bonne leçon ? Elle en avait fini avec Ruy, fini avec cette folie de l'aimer. Alors, pourquoi éprouvait-elle cette envie insensée d'effleurer sa peau hâlée, d'apaiser sa douleur et son humiliation, de lui avouer le désir brûlant qu'il lui inspirait. Alors qu'il se penchait entre elle et le fauteuil roulant, oubliant qu'elle le soutenait à moitié, ses mains relâchèrent leur étreinte sur sa taille tandis qu'elle prenait conscience de la terrible réalité : elle aimait encore Ruy et n'avait, en fait, jamais cessé de l'aimer. Elle sortit de son ahurissement en entendant Ruy jurer tandis qu'il tombait sur son siège :

— Bon sang ! lança-t-il le visage crispé de douleur. N'en as-tu pas déjà assez fait ? As-tu la moindre idée de ce que cela signifie pour un homme d'être abandonné par la femme qu'il chérit ? Garde ta pitié pour toi, Davina. Je n'en ai que faire ! Si je ne suis plus physiquement que la moitié d'un homme, mentalement, je n'ai pas changé. J'éprouve toujours des sentiments... des désirs... déclara-t-il pendant qu'elle fixait, les yeux écarquillés, la longue balafre rougeâtre et boursouflée qui sillonnait son ventre avant de disparaître sous la ceinture de son maillot de bain noir.

Quand elle détourna le regard, elle était blême et tremblante.

— Tu es dégoûtée, n'est-ce pas ? demanda Ruy d'une

voix grinçante Tu ne peux éprouver aucun désir pour un homme dont le corps est déchiré et mutilé. Tu préfères la peau pâle et lisse de ton Anglais. Disparais de ma vue ! J'en ai assez supporté pour aujourd'hui.

Elle s'éloigna, les jambes tremblantes. Pendant un instant, après le premier choc que lui avait causé l'horrible cicatrice, elle avait eu envie de poser ses lèvres sur la chair meurtrie, de soulager par la douceur de son baiser la douleur dont elle ne pouvait se faire qu'une idée. Mais ce n'était pas ses baisers à elle que Ruy désirait, pas plus que son amour ni sa compassion. Ne venait-il pas de l'accuser de pitié ?

L'estomac noué, elle se sentit incapable de prendre un petit déjeuner et se rendit tout droit dans la chambre. Mais elle y trouva des femmes de chambre occupées à faire le ménage et dut retourner dans le patio. Elle y trouva Jamie en train de bavarder avec sa grand-mère. Ruy prenait son petit déjeuner comme si rien ne s'était passé.

— Cet après-midi, nous irons faire des emplettes, annonça la comtesse à Davina tandis que la bonne lui servait du café. La femme de Ruy a un rang à tenir, et il faut que vous soyez habillée en conséquence.

— Ce n'est vraiment pas la peine, protesta Davina.

— Comment peux-tu avancer cela, intervint Ruy, cassant, quand tu es vêtue comme ne voudraient pas l'être la plupart de nos domestiques ? Quelle sorte de femme es-tu donc, pour dissimuler ta beauté sous de pareilles horreurs ? Mais peut-être te moques-tu de la manière dont tu t'habilles quand il n'y a aucun homme que tu souhaites séduire ?

— Ces propos sont vraiment odieux... souffla-t-elle, les larmes aux yeux, blessée dans son amour-propre, car si ses vêtements n'étaient pas luxueux, elle n'avait pas les moyens de s'en offrir d'autres.

— Le mois prochain, continua Ruy imperturbable,

nous recevrons des visiteurs de Madrid, avec qui j'ai des relations d'affaires. Et je tiens à ce que ma femme soit vêtue comme il sied à son rang. Je dois toutefois me rendre auparavant à l'*estancia*. Les jeunes taureaux seront bientôt prêts, et je dois m'assurer que...

— Non, Ruy, laisse Sebastian y aller à ta place, *por favor,* implora sa mère, tout à coup pâle. Il n'est pas indispensable que ce soit toi...

— Suggéreriez-vous que je me retranche derrière mon petit frère ? rétorqua Ruy, le visage assombri, en assénant un formidable coup de poing sur la table. Assez, *madre.* Je suis toujours le chef de famille. Et si je dis que j'irai à l'*estancia*, j'irai. Davina et Jamie m'accompagneront. Il est temps que mon fils commence à apprendre d'où viennent une partie de nos revenus.

Sans laisser à la comtesse le temps d'ajouter autre chose, il détourna son fauteuil et le propulsa rapidement vers son appartement.

Afin de permettre à sa belle-mère de retrouver son sang-froid, Davina se servit un autre café en assurant à Jamie que son papa n'était pas fâché après lui.

— C'est ma faute, déclara la comtesse, soulevant sa tasse d'une main tremblante. Mais il est tellement orgueilleux et moi, si inquiète. C'est à l'*estancia* qu'il a reçu la blessure et fait la chute qui l'a paralysé. Il a reçu accidentellement un coup de corne par l'un des jeunes taureaux, expliqua-t-elle calmement à Davina. L'un des jeunes gardians avait négligé une consigne de sécurité et le taureau s'est échappé. Ruy n'était là que par hasard... s'interrompit-elle dans un murmure.

Stupéfaite, Davina ne reconnaissait plus la femme qui l'avait autrefois terrifiée. Tout à coup, elle ne voyait plus qu'une mère anxieuse pour un enfant grièvement blessé, éplorée parce qu'il la rejetait. Elle-même se sentit au bord des larmes, le cœur serré à l'idée que Ruy, soit réduit à dépendre des autres et désespéré par l'abandon de

Carmelita. Davina, elle, ne l'aurait jamais quitté s'il l'avait aimée. Même sans les liens du plaisir charnel, ses sentiments restaient les mêmes.

— Je trouve Carmelita impardonnable de l'avoir délaissé quand il avait le plus besoin d'elle, murmura la jeune femme.

Une expression étrange se peignit sur le visage de sa belle-mère qui commença sur un ton hésitant :

— Davina...

Mais Jamie réclama soudain son attention et, quand elle se retourna vers la comtesse, celle-ci déclara sur un ton uni qu'il fallait se presser si elles voulaient arriver à Cordoue avant l'heure de la sieste. Rosita et Sebastian, expliqua-t-elle, devaient partir en fin d'après-midi en visite chez les parents de Rosita. Et si Ruy insistait pour aller à l'*estancia*, elle-même irait passer quelques jours à Cadix, chez sa sœur.

— Elle est veuve depuis peu, et son mari lui manque beaucoup... s'interrompit-elle, dévisageant Davina en silence avant de reprendre : à présent que vous avez vu dans quel état se trouve Ruy, êtes-vous prête à rester sa femme, Davina ? A supporter son amertume jusqu'à la fin de vos jours ?

Incapable de soutenir son regard, Davina détourna les yeux.

— Nous sommes mariés, répondit-elle laconiquement avant de redresser la tête et d'ajouter : et mon amour pour lui est toujours pareil. Comment pourrais-je m'en aller ?

Pendant que les deux femmes allaient faire leurs emplettes, Jamie fut confié à la garde de Ruy et de Rodriguez. Davina avait tout d'abord hésité à quitter le bambin si peu de temps après leur arrivée, mais Ruy lui avait déclaré sèchement :

— Tu n'as pas à t'inquiéter, Rodriguez sera là pour le

surveiller. Contrairement à moi, il peut suivre ses moindres mouvements.

— Je tiens beaucoup à lui, avait répliqué Davina, pensant mais sans l'ajouter qu'il était tout ce qu'elle possédait de son père.

En détournant brusquement son fauteuil, Ruy avait rétorqué :

— J'en suis surpris étant donné le peu de cas que tu fais de son père et de notre mariage.

Elle avait eu envie de s'écrier qu'il se trompait, mais l'orgueil l'avait retenue. Comment aurait-elle pu lui avouer qu'elle l'aimait, sachant que lui n'était préoccupé que de Carmelita ?

Cordoue était telle qu'elle s'en souvenait avec ses ruelles poussiéreuses où le soleil donnait à la pierre une apparence d'or fondu. Et il ne fallait pas beaucoup d'imagination pour les revoir telles qu'elles avaient dû être au temps de l'occupation maure. Patios enchanteurs et grilles en fer forgé attiraient l'œil à chaque coin de rue. Mais la comtesse ne perdit pas de temps à flâner devant les échoppes qui, pour Davina, semblaient toutes receler des merveilles d'orfèvrerie ancienne et de maroquinerie artisanale.

Ruy possédait une selle qui lui avait été offerte par les gitans traversant ses terres chaque année pour se rendre en pèlerinage à la chapelle de la Vierge. Elle était faite dans le cuir le plus souple que Davina ait jamais vu, et damasquinée de nielles d'argent. Il l'utilisait quand il prenait part à la parade à cheval de la *feria* de Séville. La première année de leur mariage, Davina l'avait accompagné, et se rappelait encore clairement son frisson de plaisir en voyant son mari en tenue d'équitation andalouse traditionnelle, avec un chapeau noir cordouan, chemise blanche à jabot, veste courte à brandebourgs, ceinture rouge et pantalon noir étroit.

Elle revint au présent en sursaut, dirigée par la mère de

Ruy dans un étroit escalier de pierre débouchant dans un petit patio fleuri de pots de géraniums rouge vif et de lobélies d'un bleu éclatant. Des volets élégants protégeaient les fenêtres contre un soleil torride et un ravissant store en velum à rayures noires et or donnait une ombre accueillante devant la vitrine d'une boutique : but de leur voyage, expliqua la comtesse.

— Concepcion, est la fille d'une vieille amie, déclara-t-elle. Sa mère est navrée qu'elle ait choisi d'ouvrir une boutique de couture au lieu de se marier. Mais, de nos jours, les filles ne respectent plus la volonté de leur mère comme nous le devions à notre époque. Je vous ai emmenée ici car nous devrions y trouver des vêtements qui conviennent à votre teint d'Anglaise. Concepcion a beaucoup voyagé, et cela se reflète dans ses modèles.

Davina comprit ce qu'avait voulu dire la comtesse dès qu'elles pénétrèrent dans le petit magasin. Concepcion elle-même les accueillit chaleureusement et échangea longuement des propos courtois avec la comtesse, laissant à Davina le loisir d'examiner subrepticement les rayons — et de reconnaître que le choix de sa belle-mère était heureux. Il y avait là toutes les couleurs de l'arc-en-ciel, susceptibles de flatter son teint clair tout autant que celui olivâtre des Espagnoles. Une robe en soie naturelle, cintrée à la taille, avec des manches raglan bordées d'un liséré argent retint l'attention de Davina. Concepcion avait suivi son regard et remarqua en souriant :

— C'est aussi l'une de mes préférées. Mais le rose plaît rarement à mes compatriotes. Elles continuent à préférer le noir. J'ai cependant eu la chance de me faire une clientèle plus moderne d'esprit que la génération de ma mère. Et, en dépit des doutes de mes parents, je me suis très bien débrouillée depuis que j'ai ouvert cette boutique.

Davina comprit vite pourquoi. Les toilettes que lui présentait discrètement une jeune vendeuse étaient plus ravissantes les unes que les autres. Elle eut immédiatement le coup de foudre pour une création en mousseline de soie à volants gris fumée et lavande qui semblait faite pour elle. Elle essaya des robes d'après-midi sobrement élégantes, dont les tissus caressaient agréablement la peau. Elle aurait été plus que satisfaite avec deux ou trois toilette. Mais sa belle-mère insista pour lui faire prendre une garde-robe complète, lui murmurant en aparté :

— C'est pour Ruy. Il est naturel qu'il souhaite être fier de sa femme, qu'il veuille dire aux autres hommes : voici ma femme, elle est belle et s'habille pour rehausser sa beauté afin de me plaire. Continuer à mettre les vêtements que vous avez apportés d'Angleterre équivaudrait à aller crier sur les toits de Cordoue que vous ne l'aimez pas. Vous lui feriez beaucoup de peine.

Quand Davina eut repris ses esprits, deux somptueux modèles avaient été ajoutés à la pile qui s'élevait. Et, dans son for intérieur, elle savait que rien ne saurait la rendre plus heureuse que de se parer de ces toilettes ravissantes et féminines pour éblouir Ruy. Même en étant consciente qu'il penserait à Carmelita ? lui murmura intérieurement une petite voix cruelle.

— Mes parents vont donner une réception pour fêter le retour d'Amérique du Sud de mon frère et de sa femme, leur déclara Concepcion au moment où elles s'apprêtaient à partir. Ils seraient ravis de vous y voir tous, et de faire la connaissance de la femme de Ruy. Il est bon que les malentendus aient un terme, ajouta-t-elle simplement. Il faut parfois une tragédie comme celle qui a frappé Ruy pour nous faire comprendre l'importance que les autres ont pour nous.

Davina comprit seulement après avoir quitté la petite boutique que Concepcion attribuait son retour à l'accident de Ruy. Et elle se demanda comment, dans l'intervalle, on avait expliqué son absence. Il ne lui était jamais venu à l'esprit que leur mariage ait pu être un sujet de discussion parmi les relations de la famille de son mari.

Jamie venait juste de se réveiller de sa sieste de l'après-midi quand elles arrivèrent au *Palacio*. Il semblait avoir déjà conquis toute la maisonnée. Et quand Sebastian et Rosita vinrent faire leurs adieux, Davina crut apercevoir des larmes dans les yeux de sa belle-sœur quand celle-ci embrassa Jamie sur le front.

— Vous avez de la chance, murmura-t-elle à Davina. Je donnerais beaucoup pour avoir un fils comme lui...

— *Vous* avez de la chance, rétorqua Davina souriante. Je donnerais beaucoup pour être aimée comme vous l'êtes, Rosita... pour avoir un époux aussi amoureux de moi que Sebastian l'est de vous.

Quand Davina se rendit à l'appartement afin de se changer pour le dîner, Ruy se trouvait déjà dans la chambre, adossé aux oreillers du grand lit, son torse paraissant encore plus bronzé à côté de la blancheur des draps en toile de lin. Il avait les yeux fermés. En le regardant de plus près, elle distingua les rides de douleur marquant les commissures de sa bouche et son front et eut soudain envie de tendre la main pour les effacer.

Heureusement qu'elle n'en avait rien fait, songea-t-elle quelques secondes plus tard en voyant les cils noirs se soulever et les yeux sombres la toiser, effaçant complète-ment l'impression de vulnérabilité qu'il lui avait donnée quelques instants plus tôt.

— Tu ne viens pas dîner ? demanda-t-elle, immédiate-ment consciente de la stupidité de sa question, car il était manifeste qu'il souffrait.

— Pourquoi ? Je te manquerai ? répliqua-t-il, sarcasti-que. Tu pourrais rester ici et me tenir compagnie si tu le souhaitais. Mais nous savons l'un et l'autre que tu t'en moques, n'est-ce pas, Davina ? Sinon, tu ne m'aurais jamais quitté.

— Tu sais très bien ce qui m'a poussée à le faire, rétorqua Davina d'une voix étranglée en se détournant, afin qu'il ne puisse deviner, à l'expression de son visage, le supplice que lui avait causé cette décision.

— Oui, bien sûr, admit-il, l'air tout à coup très las... Et nous savons l'un comme l'autre que c'est une folie d'essayer de sauver un mariage quand l'un est amoureux et l'autre... ne fait que supporter... ajouta-t-il cruellement. Alors, pourquoi es-tu revenue ?

Elle inspira profondément pour essayer de se calmer avant de répondre :

— A cause de Jamie.

Ce qui, après tout, était la vérité. Quand elle s'était décidée, c'était dans l'intérêt de Jamie. Elle ignorait alors encore qu'elle l'aimait toujours aussi totalement.

— Il a été très malade cet hiver, continua-t-elle. Et le médecin m'avait dit qu'il aurait besoin de vivre sous un climat chaud... pour reprendre des forces. Je n'avais pas les moyens de l'emmener à l'étranger...

— Alors, pourquoi n'as-tu jamais touché à la pension que je te verse ? demanda-t-il sur un ton bourru.

Elle pensa un instant qu'il se tenait derrière elle tant sa voix avait résonné avec intensité. Mais en se retournant, elle constata qu'il était toujours étendu sur le lit, l'observant avec des yeux brûlants. Elle s'était refusé à disposer de cet argent par fierté.

— Je ne pouvais pas, avoua-t-elle simplement.

— Je vois, dit-il, les traits tendus et les narines pincées, faisant manifestement un effort pour ne pas laisser exploser sa colère. Mais tu as cependant accepté de revenir ici et d'y vivre de ma charité.

— J'ai craint que tu ne cherches à me prendre Jamie si je ne venais pas. Après tout, il est ton héritier, et...

— Tu lui avais parlé de moi ? demanda-t-il tout à coup. Il savait que je suis son père ?

— Il savait que nous allions voir son père, rectifia

Davina. Je ne lui ai jamais menti à ton sujet, Ruy. Mais je ne lui ai pas donné beaucoup de détails. Cela me paraissait préférable car, somme toute...

— Tu n'avais jamais pensé que je puisse tenir un rôle important dans sa vie. C'est bien ce que tu allais dire, n'est-ce pas ?

Qu'aurait-elle pu lui rétorquer ? Qu'elle avait voulu épargner à Jamie l'humiliation de savoir que Ruy ne l'avait jamais désiré, n'était même pas venu le voir à la clinique au moment de sa naissance, qu'il était alors trop occupé à courtiser sa maîtresse pour se soucier de sa femme et de son bébé ? On ne pouvait pas expliquer cela à un enfant, pas même à un adulte. Si elle avait été très discrète, c'était avant tout pour éviter que Jamie puisse lui en vouloir.

— J'étais persuadée que tu te remarierais avec Carmelita, répondit-elle calmement. Après tout, c'était ce que ta famille souhaitait.

Elle se retint d'ajouter : « Et ce que *tu* souhaitais ! » Car elle ne voulait pas le blesser en lui rappelant tout ce qu'il avait perdu. Aimer quelqu'un était un supplice qui faisait ressentir ses chagrins d'une manière décuplée. Si elle avait pu, d'une manière ou d'une autre, rendre à Ruy sa santé et l'amour de Carmelita, elle n'aurait pas hésité à le faire.

— Ruy... murmura-t-elle d'une voix qui se brisa en constatant qu'il avait fermé les yeux et détourné la tête pour ne plus la voir.

Elle alla se changer dans la chambre de Jamie, et lui lut une histoire avant de retraverser sur la pointe des pieds la pièce où Ruy dormait, pour aller prendre avec sa belle-mère un repas dont elle n'avait pas envie.

5

A son retour, Davina trouva la chambre plongée dans la pénombre. Elle distingua la silhouette de Ruy, immobile dans le vaste lit conçu pour qu'un couple amoureux s'y ébatte largement à l'aise. Détournant les yeux de son torse bronzé qui ressortait sur la blancheur des draps abaissés jusqu'à ses hanches étroites, elle se rendit rapidement auprès de Jamie.

Couché en chien de fusil sous ses couvertures, le bambin s'était endormi en serrant son ours bien-aimé dans ses bras. Elle se pencha pour l'embrasser, et se redressa, les larmes aux yeux, en s'efforçant de ne pas penser à l'homme qui reposait dans la pièce voisine.

Même le jet cinglant de la douche ne parvint pas à dissiper l'émotion qui l'avait saisie en contemplant Ruy. Elle avait éprouvé l'envie insensée d'aller se blottir contre lui et qu'il la prenne dans ses bras. De telles pensées ne pouvaient que la mettre à la torture. Car il était bien certain qu'elle ne lui inspirait pas le moindre désir. En fait, il semblait avoir du mal à supporter sa présence à n'importe quelle occasion. Elle avait même parfois cru discerner de la haine dans ses yeux quand il la regardait. La serviette qui lui avait servi à se sécher lui glissa des mains. Est-ce qu'il la détestait ? Elle enfila sa robe de chambre à tâtons. Elle avait oublié de prendre sa chemise de nuit, mais c'était sans importance. Il n'y avait pas de danger que Ruy s'attarde à observer sa nudité. Même s'il venait à se réveiller, elle était persuadée qu'il feindrait d'être assoupi comme il l'avait fait avant le dîner.

Elle poussa un petit soupir, puis entra dans la chambre et la traversa sans que ses pieds nus fassent le moindre bruit sur la mosaïque fraîche du carrelage. Derrière les grandes fenêtres s'étendaient les jardins et leur parfum grisant. Elle sentit son cœur se serrer à l'idée qu'elle n'y marcherait plus jamais avec Ruy, ne s'étendrait plus jamais avec lui sous les étoiles... Elle étouffa le sanglot qui s'élevait dans sa gorge en se mordant la lèvre. Mais pourquoi versait-elle des larmes, en réalité ? A cause de Ruy, parce qu'il ne marcherait plus jamais ? Ou se lamentait-elle sur son propre sort parce qu'il ne l'aimait pas ?

Comme elle ne trouvait pas sa chemise de nuit et ne voulait pas risquer de déranger Ruy en fouillant les tiroirs de la commode, elle décida de s'en passer. La fraîcheur des draps en toile de lin la fit frissonner comme la caresse d'un amant. Davina n'avait pas du tout sommeil. Le clair de lune qui filtrait par les volets mettaient des reflets argentés sur les traits de Ruy, et Davina dut faire un immense effort pour ne pas céder à son envie de caresser son visage.

Depuis près de quatre ans, elle avait vécu dans la solitude. Passé les premiers temps du supplice de leur séparation, elle ne s'était plus jamais laissé tourmenter par son envie de lui. Et voilà qu'au bout de quarante-huit heures sous son toit elle aspirait corps et âme à se retrouver avec lui en communion totale. A tel point que d'être simplement près de lui, immobile, ressemblait à une torture.

Ruy bougea et repoussa les couvertures, marmonnant entre ses dents, manifestement inconscient de sa présence. Se tournant sur le côté au bord du lit, il tendit la main vers la carafe d'eau posée à son chevet. Davina entendit un bruit de pilules remuées dans une boîte, puis un juron quand, en essayant de se soulever, il fit tomber la cruche.

Davina bondit hors du lit et enfila sa robe de chambre à la hâte en se précipitant vers lui.

— Attention au verre cassé ! lança-t-il. Ne t'approche pas plus près. Appelle Rodriguez.

— Il est presque une heure du matin, répliqua-t-elle calmement. Et ce n'est vraiment pas la peine de déranger Rodriguez.

Elle alla dans la cuisine chercher de quoi nettoyer par terre. A son retour, Ruy avait allumé sa lampe de chevet et, malgré la douceur de la lumière tamisée, Davina discerna nettement la souffrance reflétée dans ses yeux et par ses traits tirés.

En ramassant la boîte de pilules, tombée en même temps que la carafe, elle jeta un coup d'œil sur le nom de leur marque.

— C'est un calmant, déclara Ruy sèchement. Ma blessure me fait encore souffrir de temps à autre.

Sa belle-mère avait expliqué à Davina que la blessure n'avait pas cicatrisé aussi vite qu'elle aurait dû, et que le Dr Gonzales avait prescrit une crème à étendre dessus quand la douleur redevenait trop vive. Ce qui était manifestement le cas.

Quand la jeune femme eut fini de balayer le verre cassé et d'éponger par terre, elle emporta les débris dans la cuisine et prépara un verre de lait chaud pour Ruy, qu'elle lui apporta et lui tendit sans dire un mot.

— Qu'est-ce que cela signifie ? Viendrais-tu de te découvrir une vocation d'infirmière ? railla-t-il.

— J'ai pensé que cela pourrait t'aider à dormir. En t'agitant, tu troubles aussi mon sommeil, ajouta-t-elle afin de ne pas lui laisser le loisir de s'interroger sur ses motivations.

— Tu veux sans doute insinuer que, par courtoisie, je devrais te permettre de faire chambre à part! lança-t-il rageusement. Eh bien, il n'en est pas question. Tu es ma femme et tu dormiras à mes côtés. Où vas-tu? s'enquit-il sur un ton sec en la voyant partir vers la salle de bains.

— Chercher la crème pour ta blessure, répondit-elle avec un calme qu'elle était loin de ressentir, tant la simple idée de toucher son corps, même d'une manière aussi clinique, la bouleversait.

Quand elle revint avec le tube de pommade, Ruy protesta qu'il n'en avait pas besoin, bien que ses traits crispés de douleur démontrent le contraire. Mais, devant l'air déterminé de Davina, il finit par admettre sur un ton grinçant :

— *Por Dios*, si tu y tiens absolument, fais-le donc.

Comme elle tendait la main pour abaisser le drap, il éteignit la lumière, plongeant de nouveau la pièce dans la pénombre. Cependant, même sans éclairage, elle trouva facilement le sillon de la balafre. Mais, en étendant le baume sur la chair tiède, ses doigts tremblaient sous l'effort qu'elle s'imposait pour ne pas les laisser devenir caressants. Il avait le ventre toujours aussi dur et plat, mais en touchant une pierre, Davina n'en aurait pas tiré davantage de réactions. Peut-être était-il devenu insensible avec la paralysie? Mais ses craintes s'évanouirent cependant quand il la repoussa en étouffant un juron entre ses dents avant de marmonner :

— Tu trembles comme une colombe effrayée. Pourquoi? Mon corps déchiré te dégoûte à ce point-là?

— Pas du tout, murmura-t-elle.

— Menteuse! Je l'ai vu ce matin dans ton regard.

Lentement mais avec détermination, Davina repoussa le drap jusqu'à ce que le clair de lune révèle la cicatrice en zigzag palpitante. Puis elle courba la tête et posa ses lèvres en suivant doucement son tracé. Ruy l'agrippa par les épaules et la força à se redresser, la regardant d'un air incrédule en lançant d'une voix rauque :

— *Por Dios !* Que cherches-tu ? A m'humilier encore davantage ?

Il la repoussa d'un mouvement brusque et, comme elle tombait à moitié contre le lit, son peignoir s'entrouvit, dévoilant la courbe pleine de sa gorge sur laquelle le clair de lune fit jouer des reflets bleutés. Elle perçut la respiration haletante de Ruy, et la brusque tension de ses muscles quand il tendit une main et effleura sa peau satinée. La bouche sèche, elle tremblait à la fois de nervosité et d'espoir tandis que Ruy caressait sa poitrine du bout des doigts. Il frissonnait autant qu'elle, et son visage avait une expression torturée, comme s'il s'était débattu sous le poids d'un fardeau écrasant. Alors qu'elle aurait pu se reculer, Davina ne bougea pas. Le silence se creusa entre eux. Puis, avec un gémissement rauque, Ruy ouvrit les bras et l'attira près de lui. Le visage voilé par une mèche de ses cheveux soyeux, il posa sa bouche au creux de la gorge de la jeune femme où son pouls palpitant trahissait son émoi, puis il remonta prendre avidement ses lèvres offertes avec une passion égale à la sienne.

Carmelita, le passé, tout était oublié. Elle étreignait son torse dur et tiède en se lovant contre lui, brûlante de désir en sentant naître le sien.

— Tu m'as rendu fou ! crut-elle l'entendre chuchoter contre sa joue.

Puis il l'embrassa de nouveau et plus rien n'exista que la violence de leur désir réciproque.

— *Dios*, il y a trop longtemps que je me contiens, trop longtemps que je refrène les élans de mon âme et de mes sens, murmura-t-il d'une voix enrouée.

Son regard glissa sur la nudité du corps féminin,

s'attardant sur ses courbes gracieuses tandis qu'elle aspirait silencieusement à ses caresses.

Il poussa un grondement plaintif et, terrifiée à l'idée qu'il pourrait s'écarter, elle se souleva vers lui, gémissant de plaisir quand sa bouche effleura sa gorge, envahie par une sensation exquise courant dans ses veines comme du vif argent, les reins creusés par une attente intolérable. Elle murmura son nom et appuya ses lèvres implorantes sur sa peau tiède.

Elle entendit la respiration de Ruy devenir haletante, sentit les frémissements qui parcouraient son corps et la sueur perlait sur sa peau quand il s'arracha soudain à son étreinte et la saisit par les poignets, scrutant son visage blême avec un regard angoissé.

— Je suis handicapé musculairement, Davina, dit-il d'une voix rauque. Mais j'éprouve toujours des sensations... et peux encore remplir mon rôle de mari.

Son ton glacial la fit tressaillir d'horreur et les doigts de Ruy resserrèrent leur étreinte, meurtrissant sa chair, tandis que ses yeux luisaient de fureur.

— Tu as peur ! lança-t-il sauvagement. Et tu as bien raison. Je ne suis pas un enfant que l'on dorlote en le couvrant de baisers apitoyés, Davina. Mais un homme avec toutes ses réactions. Comprends-tu ce que je veux dire ?

Même si elle ne l'avait pas saisi, les instants qu'elle venait de passer dans ses bras l'avaient renseignée sur ce point. Le cœur serré d'amour et de désespoir, elle songea que l'abandon de Carmelita avait dû le blesser cruellement. Il avait conservé sa virilité, elle le savait sans l'ombre d'un doute, mais quand elle essaya de le lui dire, il la repoussa en déclarant sur un ton sarcastique :

— Je ne veux pas de ta compassion, Davina. Et je ne crois pas nécessaire de te préciser ce que je désirais. Tâche de t'en souvenir la prochaine fois où tu te sentiras d'humeur à me cajoler comme un bébé. A moins que tu ne ressentes une espèce de plaisir pervers à me séduire.

Il se tourna brusquement sur le côté du lit et poussa un gémissement de douleur.

Davina voulait lui dire qu'il avait tort, que c'était elle qui avait besoin de sa pitié, parce qu'elle avait eu envie d'aller plus loin, même si elle savait qu'il ne l'aimait pas. Mais il tendit la main vers sa boîte de pilules et en avala deux rapidement. Puis il se rallongea en fermant les yeux.

Davina eut l'impression de mettre des heures avant de s'endormir. Ces moments passés dans les bras de Ruy l'obsédaient : Elle avait beau se répéter qu'elle était heureuse qu'il se soit interrompu au moment où il l'avait fait, la réalité était hélas bien différente. Elle avait souhaité ardemment ressentir à nouveau l'enivrement qu'il lui avait fait découvrir au début de leur mariage.

A son réveil, comme la veille, Davina se trouvait seule dans la chambre. Elle trouva Ruy et Jamie déjà attablés devant leur petit déjeuner dans le patio.

— Mon papa va nous emmener dans un endroit où on élève des taureaux, lui annonça Jamie quand elle s'assit. Quand est-ce qu'on ira ? demanda-t-il à Ruy.

— Bientôt, promit son père. Tu vas bien t'amuser à l'*estancia*, *pequeño*. Il y a d'autres enfants, là-bas, avec qui tu pourras jouer.

Jamie sembla ravi par cette nouvelle. Il n'avait pas beaucoup de camarades dans le petit village où ils habitaient en Angleterre. Sans réfléchir, Davina se tourna vers Ruy en déclarant :

— C'est dommage qu'il soit fils unique. Je trouve que cela rend les enfants trop précoces.

Elle devint écarlate en le voyant relever les sourcils d'un air ironique, avant de demander froidement :

— Est-ce une simple remarque ou une invitation ? Dans le dernier cas, je pense avoir manifesté clairement mon point de vue la nuit dernière.

— Tu veux sans doute dire que je ne pourrai jamais remplacer Carmelita, rétorqua-t-elle amèrement, sans se soucier de ce qu'elle pouvait ainsi dévoiler de ses sentiments.

— Carmelita est une femme qui a suffisamment de savoir-vivre pour se séparer d'un homme en douceur. Ce qui n'est vraiment pas ton cas.

Il était sur le point de quitter la table quand sa mère apparut, un carton d'invitation à la main.

— Cela vient des parents de Concepcion, dit-elle à Davina. Une invitation à leur réception, comme elle nous l'avait annoncé. Tu iras, Ruy ?

— Bien entendu, acquiesça-t-il avec sarcasme. Je suis persuadé qu'ils brûlent tous d'envie de voir quelle sorte de monstre je suis devenu et, de découvrir la ravissante femme qui s'est si noblement enchaînée à moi.

Quand il fut parti, la comtesse déclara en soupirant :

— Si seulement il pouvait apprendre à accepter ! J'avais espéré que votre présence l'y aiderait...

— Je crains qu'elle ne lui soit plus nocive que bénéfique, répliqua Davina en s'efforçant de sourire. Je dois sans doute lui rappeler sans cesse Carmelita et tout ce qu'il a perdu.

Sa belle-mère sembla s'absorber dans ses pensées. Puis elle dévisagea Davina et s'apprêtait à parler quand l'une des femmes de chambre s'approcha.

— Le Dr Gonzales est arrivé, annonça-t-elle. Il demande à voir le comte.

— Le Dr Gonzales a mis Ruy au monde, expliqua la comtesse à Davina pendant que les deux femmes se dirigeaient vers la maison. C'est un vieil ami tout autant que notre médecin, et j'aimerais que vous le rencontriez.

La comtesse fit les présentations, puis se retira pour aller donner ses ordres à la cuisine.

Laissée en tête à tête avec le médecin, Davina se trouva

l'objet d'un examen approfondi. Puis il finit par sourire en disant :

— C'est donc vous la femme de Ruy. Je n'ai pas fait votre connaissance plus tôt parce que, à l'époque de votre mariage, j'étais allé voir mon fils en Amérique du Sud. J'ai cependant beaucoup entendu parler de vous, et dois avouer que je suis… surpris.

Il prit Davina par le bras et l'entraîna vers le patio, continuant :

— Vous ne me faites pas l'impression d'être capable de quitter votre mari pour vous enfuir avec votre amant. Vous n'avez pas des yeux à cela. Vous êtes beaucoup trop vulnérable.

Etait-ce donc ce qu'on lui avait raconté ?

— J'étais partie parce que je ne pouvais plus supporter un mariage de convenance. Mais je n'avais pas d'amant.

— S'il en est ainsi… Mais vous voici de retour pour reprendre votre place auprès de votre mari. Dites-moi, le trouvez-vous beaucoup changé ?

— Un peu. Il est très amer. Mais c'est bien naturel après avoir perdu l'usage de ses jambes, et la femme qu'il aime.

— Vous admettez donc que l'amour, ou son manque, a un effet sur notre comportement ? Très bien. Ruy vous a-t-il donné des détails sur son état ?

— Il m'a seulement dit qu'il est paralysé, répondit Davina, un peu éberluée. Et, bien entendu, j'ai vu sa cicatrice… s'interrompit-elle, ne sachant pas exactement comment exprimer la question qu'elle voulait poser. Docteur, quand on est paralysé, on doit sûrement être insensible… Cependant, Ruy ressent la douleur. Il a pris des calmants. Et je sais, avança-t-elle, rougissante, qu'il a toujours des sensations.

A son soulagement, le médecin n'exigea pas de plus amples explications. Il eut simplement une moue dubitative et lui tapota la main de manière rassurante, puis déclara :

— Vous me faites l'impression d'une jeune femme pleine de bon sens. Si vous pensez que Ruy éprouve des sensations, je suis certain que vous avez d'excellentes raisons pour le croire. Et j'en suis très heureux, ajouta-t-il sur un ton taquin, les yeux pétillant de malice. Ruy est très orgueilleux, et je trouve réconfortant que vous ayez réussi à entamer suffisamment ses barrières pour vous apercevoir que sa paralysie est moins grave qu'on pourrait le supposer au premier abord. Un homme reste le même, qu'il soit ou non confiné dans un fauteuil roulant. Le fait d'être privé de la faculté de marcher ne débarrasse pas du fléau d'éprouver des sentiments. Je dois avouer qu'en apprenant votre retour, j'ai tout d'abord été inquiet pour Ruy. Car une femme qui se serait détourné de lui avec dégoût, en refusant d'admettre qu'il avait maintenant besoin d'elle plus que jamais, lui aurait été profondément néfaste. Et je craignais que vous ne réagissiez ainsi. Au lieu de cela, je découvre que vous êtes très différente.

Tout ceci avait été exposé avec beaucoup de sérieux et Davina s'arrêta pour dévisager son compagnon avec curiosité.

— Allons nous asseoir et bavarder un peu, si vous le voulez bien, suggéra le Dr Gonzales en désignant un banc de pierre auprès d'un bassin circulaire où se prélassaient des carpes sous des feuilles de nénuphar. Avez-vous réfléchi qu'un autre enfant pourrait sortir Ruy de son abattement ? Oh, je sais que sa mère persiste à croire qu'il n'y aura plus d'autres enfants. Mais elle a été convaincue à tort par une certaine personne dont je suis ravi qu'elle n'exerce plus aucune espèce d'influence dans cette maison.

— Vous voulez sans doute parler de Carmelita ? avança Davina avec un sourire triste. J'aimerais avoir un autre enfant mais je doute que la possibilité m'en soit offerte, déclara-t-elle. Ruy m'a déjà précisé que je ne pouvais remplacer Carmelita.

— Comment cela la remplacer ? Vous êtes à votre place. Allons, il ne faut pas vous laisser contaminer par la dépression de Ruy. A-t-il discuté de son accident avec vous ? demanda-t-il, changeant de sujet.

Davina secoua la tête.

— Alors, vous ignorez qu'à mon opinion, sa paralysie est psychosomatique — c'est-à-dire d'origine psychologique bien qu'elle se répercute sur le plan physique.

— Voulez-vous dire que Ruy ne serait pas vraiment paralysé ? demanda-t-elle, incrédule.

— Comment le savoir ? Ce dont je suis certain, c'est qu'aucune cause organique ne l'empêche de marcher. Il n'a rien à la colonne vertébrale et ses déchirures musculaires sont à présent réparées. Mais l'esprit exerce un contrôle sur le corps. Dans le cas de Ruy, il y a ce que l'on peut appeler un blocage mental, un refus de croire qu'il soit indemne. Le coup de corne du taureau, sa chute de cheval, représentent des chocs pour le système nerveux. Un choc similaire — une expérience traumatisante, comme vous l'appelleriez sans doute — pourrait éventuellement faire céder le processus qui l'empêche de guérir.

— Et Ruy le sait-il ?

— Je le lui ai expliqué, mais il ne prête pas foi à mes propos. Ce qui est assez courant. Comme je l'ai déjà dit, Ruy est très fier. Il ne veut pas admettre que son cerveau est le maître de son corps, bien qu'il en aille de même pour nous tous. Et, pardonnez-moi de vous préciser cela, mais Ruy a incontestablement des raisons pour se trouver dans ce cas. N'avait-il pas déjà perdu la femme qu'il aime... et son enfant ?

Ahurie, Davina comprit qu'il parlait d'elle, attribuant partiellement l'état de Ruy à son absence !

— Quand son orgueil empêche un homme de déclarer à l'épouse qui l'a quitté à quel point elle lui manque, continua le Dr Gonzales, ne trouvez-vous pas normal qu'il découvre un moyen plus subtil pour le lui apprendre ?

Comme Davina le fixait, muette de surprise, il reprit :

— Je vois que vous êtes sceptique. Mais réfléchissez. Cela s'est avéré efficace, non ? Inconsciemment, Ruy vous a appelée, et vous avez répondu.

— Si vous aviez raison, à présent que je suis de retour, Ruy devrait se rétablir, conclut Davina.

— Ce n'est pas aussi simple ! s'exclama-t-il avec un sourire en hochant la tête. Ce travail profond de notre cerveau est un phénomène dont tous les mystères sont loin d'être éclaircis. Nous savons qu'il agit sur notre organisme, et connaissons même certaines circonstances susceptibles d'inverser son emprise. Il n'est pas impossible que le subconscient de Ruy se refuse à réagir parce que, en son for intérieur, il redoute peut-être que vous le quittiez de nouveau. Il est peut-être persuadé que vous resterez auprès de lui uniquement à cause de son handicap, et il tiendra donc, de ce fait, à le conserver.

Certaine que le Dr Gonzales ne la croirait pas, Davina jugea inutile de lui expliquer la situation. Puisque Ruy ne l'aimait pas, elle ne pouvait être la cause de sa paralysie.

— Et comment se présente l'autre phénomène dont vous m'avez parlé ? s'enquit-elle. Cette expérience traumatisante qui pourrait faire céder le blocage mental ?

— Ah, oui... cela comporte trop de risques pour que, en tant que médecin, je puisse conseiller d'y recourir. Dans le cas de Ruy, par exemple, ce genre de traitement de choc demanderait qu'il reçoive de nouveau un coup de corne de taureau.

Il fit la grimace en haussant les épaules et continua :

— En admettant qu'il ne meure pas de ce coup de corne, il n'est pas certain que cela réussirait à le faire sortir de sa paralysie. C'est donc une thérapeutique trop dangereuse et aléatoire pour qu'on se hasarde à la préconiser.

Le Dr Gonzales lui expliqua encore qu'il venait examiner Ruy un jour sur deux, mais elle déclina son offre de l'accompagner auprès de lui ; Ruy n'apprécierait sûrement pas sa présence pendant l'auscultation.

Davina n'arrivait pas à comprendre que Carmelita ait pu délaisser Ruy pour épouser un autre homme. Ce qui la conduisit à songer de nouveau que Carmelita n'avait jamais aimé Ruy sincèrement — jamais autant qu'elle. La jeune femme eut alors envie d'aller lui dire qu'il pourrait toujours compter sur son amour, quoi qu'il advienne à l'avenir. Mais était-ce vraiment utile ? Il ne souhaitait pas son amour. Il la haïssait même. Alors à quoi bon ?

6

Davina enfila l'une de ses nouvelles robes du soir en constatant avec satisfaction que sa peau commençait à prendre un beau hâle. Elle se changeait dans la chambre de Jamie, sous prétexte de permettre au petit garçon d'admirer sa toilette. Mais, en réalité, elle s'était sentie incapable de supporter le regard critique de Ruy et son agacement pendant qu'il attendait lui-même d'être habillé.

Le jour même, à l'heure du déjeuner, il l'avait repoussée quand, le voyant se débattre maladroitement avec la chemise qu'il essayait d'enlever, elle s'était précipitée pour l'aider. Davina avait encore les poignets endoloris par la violence de son étreinte quand il les avait saisis pour l'écarter, les yeux luisant de colère. De toute évidence, il détestait qu'elle soit témoin des contraintes auxquelles l'asservissait son invalidité. Alors, pourquoi s'obstinait-il à leur infliger ce tourment réciproque ? Quand elle avait suggéré qu'ils fassent chambre à part pour s'éviter ce supplice inutile, Ruy avait rétorqué qu'elle partagerait son lit aussi longtemps qu'elle demeurerait sous son toit — ajoutant de manière énigmatique que c'était une pénitence pour tous deux.

Sa belle-mère avait précisé que leurs hôtes étaient les

membres de la meilleure société cordouane et Davina avait donc pris grand soin de paraître à son avantage pour se rendre à leur réception.

Elle portait l'une des créations de Concepcion, une robe vaporeuse en mousseline de soie gris perle et lilas, dont le corsage mettait en valeur la rondeur ferme de ses seins et lui faisait une taille de guêpe, puis tombait jusqu'au sol dans un mouvement souple. Une petite veste assortie à col droit et manches ajustées complétait l'ensemble. En appliquant un soupçon de fard à paupières lilas nacré pour rehausser l'améthyste de ses yeux, elle dut convenir n'avoir jamais porté de toilette plus seyante.

— Maman sent bon, commenta Jamie quand elle appliqua une touche de parfum sur sa nuque et au creux de son décolleté avant de chausser ses sandales du soir à hauts talons.

Alors que la jeune femme se penchait pour embrasser le petit garçon une dernière fois avant de partir, elle entendit la porte s'ouvrir. Quand elle se redressa, Ruy se trouvait derrière elle, impeccablement vêtu d'une chemise de soirée blanche empesée, ses hanches étroites serrées dans un pantalon noir. Même son confinement dans un fauteuil roulant ne parvenait pas à éclipser sa vitalité, songea Davina, refrénant une envie de tendre les mains vers sa tête brune et de la serrer tendrement contre sa poitrine comme elle venait de le faire avec Jamie.

— Maman sent bon, répéta le petit garçon à l'adresse de son père.

— C'est ce que j'ai remarqué. On dit qu'un homme peut apprendre bien des choses sur une femme par le parfum qu'elle utilise.

Davina portait *Chamade* de Guerlain. Ruy lui en avait offert un flacon le jour de leur mariage, et elle s'en était mis pour la première fois à cette occasion. Elle devint écarlate en songeant qu'elle avait ainsi pu se trahir.

— Dans ton cas, continua-t-il sur un ton amer, cela révèle un manque de sensibilité affligeant.

Sur quoi il fit pivoter son fauteuil et le propulsa rapidement hors de la pièce.

Elle ne le revit pas avant de se rendre dans le grand salon. A son entrée, sa belle-mère parlait à une femme de chambre, et Ruy lui fit signe de s'approcher.

Quand elle se trouva devant lui, il ouvrit un écrin en velours noir qui révéla, reposant sur une doublure de satin blanc, une paire de boucles d'oreilles en diamants et perles. Davina comprit au premier coup d'œil qu'il s'agissait de bijoux de famille. Les perles étaient énormes et la monture ancienne.

— La coutume veut que ceci soit offert à l'épouse du comte pour la naissance de leur premier enfant, déclara Ruy, impassible, *Madre* a eu la bonté de me rappeler que nos amis s'étonneraient de ne pas te les voir porter ce soir.

Il glissa vers sa mère un regard aussi peu amène que celui dont il avait gratifié Davina, mais la comtesse sembla mieux le supporter : elle haussa les épaules d'un air insouciant et lui demanda s'il n'allait pas accrocher lui-même les pendants à Davina.

— Mais bien sûr. A condition qu'elle ne voie pas d'inconvénient à s'agenouiller devant moi afin de me le permettre ! lança-t-il sur un ton mordant. Il vaudrait mieux pour nous tous, *madre*, que vous renonciez à cette folie de faire semblant de me considérer comme si j'étais normal. L'évidence même que je ne le suis pas tient devant vous sous la forme de ma, ô combien, ravissante et infidèle épouse.

— Ruy !

Ignorant la protestation de sa mère, il continua :

— Vous prenez trop sur vous. Je ne vous l'ai jamais reproché jusqu'ici... mais écoutez bien, *madre*, je ne tolérerai pas davantage vos interventions dans ma vie. Ni les vôtres ni celles de personne, termina-t-il, les yeux fixés sur Davina.

Cette dernière fut remplie d'admiration pour le sang-froid de sa belle-mère qui, impassible, se détourna et s'éloigna calmement.

Il y avait dans le salon un grand miroir rococo dans un cadre doré. Davina se mit sur la pointe des pieds pour s'y regarder afin d'accrocher les lourds pendants. Quand elle bougea la tête, les diamants étincelèrent de feux blanc bleuté, tandis que l'orient des perles se teintait des subtils reflets lilas et gris de sa robe. Mais, aussi magnifique soit-il, Davina aurait préféré ne pas porter ce somptueux bijou. Elle était terrifiée à l'idée de le perdre ou de l'endommager d'une manière ou d'une autre. Et, en suivant les autres pour aller vers la voiture, ses doigts revenaient sans cesse à ses oreilles pour s'assurer que les pendants s'y trouvaient toujours.

— Il faudra que Ruy vous offre des fourrures avant l'hiver, déclara la comtesse au moment où le chauffeur lui ouvrait la portière du siège arrière. J'ai encore la zibeline que m'avait achetée son père.

— Où voulez-vous en venir, *madre* ? demanda Ruy cyniquement, le visage dissimulé dans l'ombre. Cherche-riez-vous à persuader Davina de rester par la promesse d'une récompense pour bonne conduite ? Peut-être commence-t-elle déjà à se lasser de sa condamnation à vie en attendant avec impatience l'instant où elle retrouvera sa liberté.

— Non ! Ce n'est pas vrai !

Ruy se tourna vers elle, la dévisageant avec un sourire railleur.

— Je crois que je te préférais quand tu me manifestais uniquement de l'indifférence, Davina. Au moins, tu étais alors honnête. Je ne vois pas quel objectif tu pourrais poursuivre en feignant de te soucier de moi, à moins que tu ne prennes plaisir à me torturer... à me faire de la peine. Montez en voiture, *madre*, nous sommes déjà en retard et il serait malséant de faire attendre les autres invités alors que nous sommes l'attraction de la soirée.

Il y avait un fond de vérité dans ce commentaire sarcastique de Ruy, reconnut Davina une heure plus tard, tout en échangeant d'anodins propos avec son voisin de table. Depuis son entrée dans le salon, elle était devenue le point de mire de regards discrets mais inquisiteurs.

— Ne leur prêtez pas attention, lui avait murmuré Concepcion gaiement avant de passer à table. Ils n'ont rien d'autre pour s'occuper. Quand ma mère se lamente sur mon célibat, je lui cite en exemple les filles de ses amies en lui demandant si elle souhaiterait que je sois aussi écervelée. Il va falloir que je recherche de nouveaux arguments. A présent qu'elle a fait votre connaissance, je doute pouvoir continuer de la convaincre que le mariage équivaut à une mort intellectuelle !

Les propos de Concepcion furent accompagnés d'un sourire et Davina comprit qu'elle plaisantait. Sa gentillesse avait réchauffé le cœur de Davina et, grâce à cela, elle s'était sentie bien accueillie dans une maison où tout le monde semblait la considérer d'un œil assez critique.

Ruy était manifestement très populaire parmi les autres invités. Mais, sous l'amabilité de leurs questions, on percevait une pitié bien intentionnée que Ruy devait ressentir comme du sel sur ses blessures à vif.

Après le dîner, il disparut avec leur hôte dans le bureau de ce dernier. « Pour discuter affaires », expliqua Concepcion. Son père et Ruy avaient à s'entretenir de leurs intérêts communs dans un nouveau complexe immobilier touristique d'un quartier chic de Marbella.

Tout en bavardant agréablement avec Concepcion, Davina remarqua soudain un très bel homme brun qui les observait. Elle cilla, rougissant légèrement quand il lui sourit. Il traversa la pièce et s'avança vers elles.

— Ah, Carlos, tu mets bien à profit l'absence de Ruy pour faire la connaissance de sa ravissante épouse, l'accueillit Concepcion. Davina, permettez-moi de vous présenter mon cousin Carlos. Au risque de flatter sa vanité déjà grande je dois vous préciser que Carlos est l'un des plus célèbres toreros de Ronda.

Davina lui sourit timidement. Il avait environ le même âge que Ruy et à peu près la même stature, mais son allure insouciante dénotait un homme décidé à prendre la vie par ses bons côtés. Il leva les doigts de la jeune femme en courbant la tête dans un salut de courtoisie désuète, mais ses lèvres s'attardèrent un peu trop longtemps, et le regard de Davina devint réprobateur.

— Ah, je vois que Davina te juge à ta juste valeur, Carlos, le gourmanda plaisamment Concepcion, à qui la réaction de la jeune femme n'avait pas échappé. Je dois ajouter que Carlos est un don Juan notoire.

— Tu me rends plus noir que je ne suis, protesta son cousin en relâchant son étreinte. Je n'ai simplement pas encore trouvé la femme qui me fera oublier toutes les autres. En l'attendant, je butine donc de fleur en fleur…

— Eh bien, n'essaye donc pas de butiner sur le territoire de Ruy, le coupa Concepcion qui, sans lui laisser le loisir de répliquer, poursuivit à l'adresse de Davina : ma mère vint de m'apprendre que vous partez bientôt à l'*estancia*. Je suis certaine que vous vous y plairez. Si à la ville nous observons les usages très rigoureusement, nous menons à la campagne une vie détendue beaucoup plus proche de celle qui est la vôtre en Angleterre. Et, bien mieux, vous aurez votre mari et votre fils pour vous seule puisque la mère de Ruy ne vous accompagne pas. Ce sera comme une deuxième lune de miel, non ?

— Ruy souhaite évaluer les jeunes taureaux, répondit Davina avec un sourire un peu forcé.

— Et vous craignez un nouvel accident comme celui

qui a mis mon pauvre ami dans ce fauteuil roulant ? s'enquit Carlos, se méprenant sur la raison de son air contraint. Ruy est un brave, *pequeña*, mais je ne le crois pas imprudent.

Il sourit à quelqu'un se trouvant derrière Davina et reprit :

— Quand on parle du loup... Ruy, nous parlions justement de toi, déclara-t-il à l'arrivée de celui-ci. Ainsi, tu pars d'ici peu pour ton *estancia* ? Puis-je prendre la liberté de m'inviter à t'y rendre visite ?

Ruy devait être souffrant songea Davina avec inquiétude. Il avait de nouveau le teint aussi gris que la nuit précédente. Elle se demandait s'il avait apporté ses calmants, quand il déclara sur un ton brusque :

— Si c'est les taureaux que tu viens voir, Carlos, tu seras comme d'ordinaire le bienvenu.

Un léger sourire erra sur les lèvres de Carlos.

— Ah, la rançon d'avoir une ravissante épouse, *amigo*, c'est d'inciter tes amis à enfreindre le dizième Commandement !

D'autres membres de la famille les rejoignirent et la conversation devint plus générale.

Ils gardèrent le silence dans la voiture pendant le voyage du retour. Davina se sentait épuisée par l'effort de n'avoir pas cessé de sourire en répondant à des questions.

— Ainsi, Carlos doit se rendre à l'*estancia*, commenta la comtesse comme la voiture s'arrêtait devant le *Palacio*. C'est un charmant jeune homme...

— Qui a mis à mal autant de femmes en les courtisant que de taureaux avec son épée, rétorqua Ruy sèchement.

La comtesse haussa les épaules et répliqua :

— Il est jeune, beau et célèbre, il est bien naturel que les femmes l'admirent. Vous ne trouvez pas, Davina ?

— Oui, Davina, dis-nous donc ce que tu en penses, persifla Ruy, ou pouvons-nous le deviner ? Je suis d'avis que mon adorable épouse a été complètement éblouie par notre cher Carlos.

— Allons donc ! riposta Davina en s'efforçant de prendre un ton léger. Je ne suis pas une écervelée, Ruy. Je sais très bien que Carlos ne cherchait pas davantage qu'à s'occuper. J'ai assez d'expérience pour savoir distinguer un badinage courtois d'une émotion sincère.

— Et pour distinguer l'amour ? demanda Ruy doucement. Mais bien sûr, tu le sais ! Combien d'hommes t'ont aimée, Davina ? Combien se sont laissé duper par ton air trompeur de pureté et d'innocence ?

Davina resta muette, rongée de ressentiment. C'était trop injuste d'être ainsi accusée à tort, quand lui l'avait délibérément trompée en la laissant imaginer qu'il l'aimait alors que tout le temps...

Rodriguez attendait Ruy dans le grand salon, mais il le congédia en annonçant :

— Je dois travailler sur des dossiers avant notre départ pour l'*estancia*. Mais vous pouvez aller vous coucher. La comtesse m'aidera.

Quand Ruy se fut retiré pour se rendre dans son bureau, sa mère déclara :

— Sa blessure doit sans doute le faire souffrir. Il se met souvent à travailler pour oublier la douleur quand elle l'empêche de dormir. Ah, si seulement l'on pouvait revenir en arrière !

— Avant son accident, répliqua Davina, compatissante.

— Et plus encore. Davina, ayez la gentillesse de nous servir un verre de *fino*. Il n'est pas dans mes habitudes de prendre du xérès avant d'aller me coucher, mais, ce soir, cela me donnera peut-être le courage dont je vais avoir besoin. Mais, tout d'abord, permettez-moi de vous poser une question. Pourquoi êtes-vous revenue en Espagne ? Etait-ce seulement à cause de Jamie ?

Davina servit deux verres de *fino* sec et clair et en

donna un à la comtesse avant de s'asseoir dans un fauteuil en face d'elle. La pièce n'était éclairée que par des lampes de table faisant jouer des clairs-obscurs sur le mobilier sculpté et les tapis somptueux. Accroché au mur face à la jeune femme se trouvait un portrait du père de Ruy. Il était mort alors que celui-ci était encore dans sa plus tendre adolescence, et Ruy avait alors été contraint, du jour au lendemain, d'assumer les responsabilités inhérentes à son titre. Après avoir contemplé ce tableau quelques instants en silence, Davina finit par déclarer honnêtement :

— Non. Oh, j'ai bien essayé de me convaincre que c'était à cause de lui. Parce que Jamie avait besoin de la douceur du climat, que c'était son droit... J'ai trouvé mille et une bonnes raisons de venir ici. Mais aucune ne reflétait totalement la vérité. Même en découvrant que vous ne m'aviez pas écrit à la demande de Ruy, qu'il ne voulait pas de nous, je n'ai pas pu repartir. Je n'ai pas su trouver l'orgueil de lui tourner le dos...

— Parce que vous... l'aimez toujours ?

— Oui, avoua-t-elle dans un soupir. Oui, je l'aime. Tout en sachant que je lui suis indifférente, qu'il a vraiment pu me croire capable de chercher à lui faire endosser la paternité de l'enfant d'un autre... bien qu'il ne soit même pas venu me voir après la naissance de Jamie...

— Ce n'était pas de sa faute, Davina.

— Comment cela ? N'oubliez pas que j'ai vu des photos de lui en compagnie de Carmelita à l'*estancia*. Il était dans les bras d'une autre pendant que je portais son enfant !

— Non, déclara la comtesse, blême, et, prenant manifestement sur elle pour continuer : je vous avais apporté ces photos de connivence avec Carmelita. Voyez-vous, Davina, je vous en voulais d'avoir épousé mon fils. Il était convenu depuis leur enfance qu'il devait se marier avec Carmelita. Puis, soudain, en une semaine, tout cela s'est trouvé bouleversé parce qu'il vous avait connue. J'étais très orgueilleuse à cette époque, et je n'avais pas encore compris que l'on ne peut pas aller contre la volonté de Dieu. J'étais décidée à briser votre mariage. Je pensais que l'Eglise recevrait favorablement une demande d'annulation sollicitée par un homme du rang de Ruy... ce qui devenait problématique à partir de l'instant où vous aviez conçu un enfant de lui.

Elle soupira et reprit :

— C'était Carmelita qui avait imaginé le plan. Elle a poussé Sebastian à jouer gros dans un cercle de jeu de Marbella. Il disposait alors uniquement de l'allocation que lui versait Ruy. Et nous avions soigneusement minuté l'opération pour que Ruy découvre les méfaits de son frère au moment de votre entrée à la clinique. J'avais assuré à Ruy que je vous mettrais au courant de la raison pour laquelle il ne pouvait se trouver auprès de vous. Je l'avais également informé, comme par inadvertance, que vous rencontriez un Anglais en cachette. Mon fils est d'un caractère jaloux, même s'il le dissimule très bien. Il était facile de verser le poison dans son oreille. Sa perplexité était un terrain favorable, et il n'a pas fallu beaucoup d'efforts pour le convaincre que vous aviez un amant — un homme que vous aviez rencontré pendant son absence. Puis Carmelita a suggéré que nous vous montrions les photos — qui avaient été prises pendant l'été de l'année précédente. Mais vous aussi vous étiez dans le doute, et blessée parce que, à vos yeux, Ruy vous avait délaissée à un moment où vous aviez besoin de lui.

Et parce qu'il ne l'aimait pas, se rappela Davina. Cela, elle ne devait pas le perdre de vue, ni aller imaginer, d'après les propos de la comtesse, que les sentiments de Ruy à son égard fussent différents. Il aimait toujours Carmelita.

— Merci de vos explications, mais vous devez bien

comprendre qu'elles ne peuvent rien changer désormais. Cela me permet néanmoins de comprendre pourquoi Ruy semble croire que j'ai eu Dieu sait combien d'amants depuis notre séparation.

— Et pourquoi il n'avait manifesté aucun intérêt envers Jamie, bien qu'il suffise de regarder le *pequeño* pour voir qu'il est un Silvadores...

Et si Jamie lui avait ressemblé à elle? ne put s'empêcher de se demander Davina.

— Tout cela me pesait sur la conscience depuis votre retour, continua la comtesse. Vous êtes la femme de Ruy — et une meilleure épouse pour lui que ne l'aurait jamais été Carmelita —, et Jamie est son fils. J'espère que vous pourrez me pardonner, Davina.

— De quoi? s'enquit Davina avec un sourire triste. Ce qui est arrivé se serait sûrement produit de toute façon. Mais je suis navrée que Ruy ait été désillusionné par Carmelita. Sa défection a dû le blesser.

— Vous êtes une enfant généreuse, murmura la comtesse en déposant son verre sur la table. A présent que j'ai requis votre absolution, je réussirai peut-être à me pardonner moi-même. En parlerez-vous à Ruy?

— Non. Le passé est mort, et, comme vous le dites, personne ne peut douter en voyant Jamie que Ruy est son père.

Néanmoins, tout en se préparant pour se coucher, Davina se sentit moins certaine qu'il n'y aurait rien à gagner en exposant à Ruy ce qui s'était passé quelques années auparavant. Car, à la réflexion, il était certain que la comtesse et Carmelita, par leurs manigances conjuguées, avaient amplement contribué à briser son mariage. Si Ruy lui avait rendu visite après la naissance de Jamie, elle ne l'aurait sans doute jamais quitté.

L'amour de Ruy n'était donc pas suffisant pour Carmelita? Pourquoi avait-il fallu qu'elle s'acharne, en plus, à détruire le peu d'affection qu'il avait pu éprouver envers sa femme épousée par vengeance ? Elle se remémora l'horreur qu'elle avait ressentie le jour où Carmelita lui avait appris que Ruy était son amant quand ils s'étaient querellés — peu après avoir décidé de se marier.

Ensuite, elle avait refusé d'avoir le moindre contact avec Ruy, ne pouvant supporter la dégradation d'être utilisée seulement parce qu'elle se trouvait là.

Elle venait juste de sortir de la baignoire et s'apprêtait à se sécher quand la porte de la salle de bains s'ouvrit. Davina n'avait pas trouvé nécessaire de la verrouiller avant de se doucher, se trouvant alors seule dans la chambre. Les yeux de Ruy croisèrent les siens pendant ce qui lui sembla une éternité. Puis elle prit soudain conscience de sa nudité et saisit le drap en éponge, devenant écarlate tandis que Ruy détaillait sa silhouette. Son regard qui s'attardait sur la courbe pleine de ses seins lui fit le même effet que s'il l'avait touchée : sa gorge se noua et elle étouffa un cri. Elle voulut se dissimuler, mais Ruy fut plus rapide qu'elle. Malgré son confinement dans son fauteuil, il savait le manœuvrer pour se déplacer avec vivacité. Il lui arracha la serviette des mains et la posa sur ses genoux, jetant sur un ton doucereux :

— Pourquoi n'aurais-je pas le droit de te contempler ? Pourquoi me refuserais-tu un plaisir que tu accordes si facilement à d'autres ? Ton corps me démontre que tes pensées n'étaient pas innocentes. A qui rêvais-tu ? A Carlos ? Serais-tu émoustillée à l'idée qu'il te caresse avec les mains encore couvertes du sang d'un taureau ?

— Assez ! Je n'en écouterai pas davantage ! lança-t-elle en se bouchant les oreilles. Je ne songeais pas à Carlos.

— A qui, alors ? murmura-t-il avec un sourire qui la fit frissonner. Et ne me réponds pas « à personne », ajouta-t-il, tendant la main pour effleurer sa gorge, je sais trop bien ce que signifie ceci.

— A mon amant ! jeta Davina, exaspérée.

Après tout, ce n'était pas faux. Elle pensait à lui qui, sans le savoir, avait été son seul et unique amant.

— *Por Dios !* rugit-il, les yeux luisant d'une rage folle.

Effrayée, Davina tenta de se reculer. Mais, plus rapide qu'elle, il la saisit par un poignet et l'attira sur ces genoux.

— Ainsi tu l'avoues ? gronda-t-il près de son oreille. Ma foi, puisque je suis ton mari, voilà qui m'oblige à essayer de faire changer le cours de ton imagination vagabonde, ne crois-tu pas ?

Dès qu'il la toucha, son corps la trahit, s'abandonna à un instinct plus fort que toute logique. Le plaisir de sentir ses mains sur elle, ses lèvres glisser lascivement le long de sa nuque et de ses épaules, la faisait frémir tout entière d'ondes de volupté.

— Tu as envie de moi, Davina, murmura-t-il en prenant son visage au creux de ses paumes, l'obligeant à croiser son regard.

— Et tu as envie de moi aussi...

Ruy ne chercha pas à nier l'évidence et la relâcha lentement, puis propulsa son fauteuil dans la chambre et commença à déboutonner sa chemise. Davina le suivit, sentant sourdre en elle un besoin impérieux de trouver l'apaisement du désir qu'il avait suscité. La prochaine avance, s'il y en avait une, devrait venir d'elle. Mais, Davina essaya de se persuader qu'elle n'aurait jamais le courage de solliciter ouvertement ses caresses. Puis elle se souvint des propos du Dr Gonzales, avançant qu'un autre enfant pourrait réussir à faire céder le blocage mental de Ruy.

Elle avança vers lui comme une somnambule et s'agenouilla pour lui enlever ses boutons de manchette. Ruy devint aussi immobile qu'une statue et, quand elle releva les yeux, il lui présenta un visage aussi impassible que s'il avait été taillé dans la pierre.

— J'ai envie que tu me prennes dans tes bras, Ruy,

murmura-t-elle d'une voix enrouée, songeant qu'il aurait été plus juste d'avouer qu'elle l'aimait.

Mais, cela, il lui était impossible de le reconnaître en sachant qu'il s'en moquait.

Davina sentit le cœur lui manquer en constatant qu'il restait toujours aussi immobile. Elle avait dû se méprendre sur la violence de sa passion. La jeune femme ne trouva pas facile d'aller enfiler sa chemise de nuit et de se coucher en lui tournant le dos comme s'il ne s'était rien passé. Elle l'entendit se préparer pour la nuit. Un dispositif de son fauteuil lui permettait d'élever le siège à la hauteur du lit pour passer de l'un à l'autre sans avoir besoin d'aide. Le matelas ondula légèrement quand il se roula dessus.

Ses mains la saisirent par la taille, la faisant se raidir de surprise.

— Ainsi, tu as envie que je te prenne dans mes bras ? Pourquoi ? Afin de pouvoir ajouter cela à la longue liste de tes « expériences » ? Le diable t'emporte, Davina ! jura-t-il avant de s'emparer de sa bouche. Eh bien, si c'est une « expérience » que tu veux, je vais faire en sorte que tu n'oublies jamais celle-ci !

Elle n'était pas près de l'oublier, songea Davina, la taille serrée entre l'étau de ses mains, tandis que sa bouche impitoyable écrasait ses lèvres avec une telle brutalité qu'elle sentit le goût de son propre sang sur sa langue. La maintenant sous lui de tout le poids de son corps, Ruy déchira sa chemise de nuit d'un geste brusque. Ses mains semblaient connaître les endroits sensibles de sa peau satinée pour la conduire au bord du plaisir avant de s'arrêter, la laissant pantelante d'insatisfaction. Il l'obligeait à venir se blottir contre lui et à quémander ses caresses.

Comme s'il savait précisément l'effet qu'il produisait, il plaça le creux de ses paumes sous la rondeur de ses seins et baissa la tête. Elle se raidit, essayant sans y parvenir de dissimuler son émoi. C'était bien inutile, le premier souffle de son haleine contre sa peau la fit frémir. Et quand, avec une lenteur calculée, il effleura doucement sa gorge, Davina ne put s'empêcher de pousser un gémissement.

— J'espère que tu apprécies cette expérience, Davina, l'entendit-elle murmurer d'une voix rauque tandis que la jeune femme était emportée dans un tourbillon d'émotions intenses. Je m'en voudrais de me révéler médiocre en aucune manière.

Ces mots détruisirent le rêve dont elle se berçait, imaginant son amour partagé, que son comportement trahissait plus que du simple désir, et que les brusques frissons qui le parcouraient n'étaient pas dus au seul empire des sens.

Elle noua ses bras autour de son cou et, se retenant de ne pas le supplier de l'aimer, implora seulement :

— S'il te plaît, Ruy...

Mais, au lieu d'accéder à sa douce prière, Ruy la repoussa brusquement en jurant entre ses dents, et s'écria rageusement :

— Non ! Je ne peux pas ! Je ne veux pas entrer en compétition avec tes autres amants, Davina. En dépit de mon infirmité, je suis encore un homme et pas un animal !

— Mais tu avais envie de moi...

— Oui, avant de me rappeler que beaucoup d'autres ont eu aussi « envie » de toi.

— Ruy... murmura-t-elle en tendant vers lui une main tremblante, avec l'intention de lui avouer n'avoir jamais connu d'autre homme que lui.

Mais il écarta violemment la main qui s'était posée légèrement sur sa poitrine comme si elle l'avait brûlé et grommela d'une voix enrouée :

— *Por Dios*, ne me touche plus ! A moins que tu ne sois déterminée à me faire tomber aussi bas que toi ?

Désespérée, Davina enfouit sa tête sous l'oreiller, la gorge douloureusement nouée pour ne pas sangloter. Jamais, plus jamais, elle ne permettrait à Ruy de la blesser comme il venait de le faire. Dès le lendemain, elle exigerait de ne plus partager sa chambre. Supporter son amertume était une chose, mais se laisser humilier de cette manière était au-dessus de ses forces. Elle ne devait jamais laisser cela se reproduire si elle ne voulait pas devenir folle.

7

Pendant le petit déjeuner, Ruy annonça qu'ils profite-
raient de son passage pour affaires à Marbella pour y
déjeuner tous ensemble au *Yacht Club* avant de se
remettre en route pour l'*estancia*.

Ruy avait encore les traits tirés et Davina craignit que
la fatigue du voyage ajoutée à celle d'une réunion
importante ne l'épuise. Elle suggéra donc qu'ils se
passent de repas pour que Ruy se repose. Les yeux
assombris de colère, il déclara glacialement mettre en
doute l'altruisme de sa « sollicitude ».

— Si tu as honte d'être vue en ma compagnie, tu
pourras toujours rester dans la voiture. Je n'ai pas
l'intention de me trouver réduit à une vie d'ermite parce
que je ne peux plus marcher.

La façon dont il déformait ses propos exaspéra Davina.
Elle attendit que Maria eut emmené Jamie pour l'aider à
« faire ses bagages », et affronta Ruy sans se soucier de
son air revêche :

— C'est *toi* qui persistes à prétendre qu'avoir perdu
l'usage de tes jambes te diminuerait en tant qu'homme,
déclara-t-elle, sa colère l'emportant sur la prudence. Tu
t'obstines à m'accuser d'être, en quelque sorte, satisfaite
par ta douleur et ton infirmité, depuis l'instant même où

je suis arrivée. Ce qui est complètement faux. En fait, c'est toi qui te complais dans cet état, Ruy. D'après le Dr Gonzales, tu n'as aucune lésion organique et tu pourrais marcher... si tu ne t'y refusais. A mon avis, tu t'efforces délibérément de me culpabiliser, de me... s'interrompit-elle brusquement, horrifiée par son éclat.

Ruy avait le visage aussi gris que les pavés se trouvant sous leurs pieds. Davina s'en voulut d'avoir cédé à la colère. Elle était sur le point de s'en excuser, en déclarant que ses paroles avaient dépassé sa pensée, mais Ruy ne lui en laissa pas le temps. Prenant appui sur la table, à moitié sorti de son fauteuil, il la toisa des pieds à la tête, les yeux luisant de rage.

— Et de quoi encore ? De te faire tomber amoureuse de moi ? lança-t-il sur un ton grinçant avant de pousser un éclat de rire sarcastique. Est-ce vraiment là ce que tu penses de moi ? Me crois-tu réellement assez lâche pour user de pareils stratagèmes ?

Davina fit non de la tête, s'efforçant de contenir les larmes qui brouillaient sa vue.

— Ainsi, ce cher médecin t'a raconté qu'il suppose ma paralysie uniquement due au traumatisme, reprit Ruy sur un ton plus calme en se rasseyant sur son siège. Mais c'est une simple *supposition*. Rien ne peut le prouver. T'a-t-il également parlé des résistances qui, selon lui, empêcheraient le blocage mental de céder ?

— Oui.

— Eh bien, je te suggère de réfléchir à ton propre cas avant de te mêler d'analyser le mien, Davina. Par exemple, quels motifs peut avoir une femme pour rester auprès d'un homme quand ils ne sont pas unis par l'amour ?

Davina resta muette. Comment aurait-elle pu avouer que son motif était un amour plus fort que le bon sens et l'orgueil ?

Une heure plus tard, quand elle sortit du *Palacio* avec

Jamie, Ruy était déjà installé au volant d'un puissant coupé Mercedes à quatre places. Sa mère utiliserait celle conduite par le chauffeur, expliqua-t-il pendant que Jamie suppliait qu'on le laisse monter à l'avant. Cette voiture avait été spécialement aménagée pour qu'il la conduise, ajouta-t-il après que Davina eut ordonné fermement à Jamie de s'asseoir sur la banquette arrière.

— Je ne mettais pas en doute la compétence de conducteur, rétorqua Davina sur la défensive.

Ruy arqua les sourcils d'un air railleur démontrant qu'il ne la croyait pas et répliqua :

— Vraiment pas ? Dans ce cas, tu ne verras sans doute pas d'inconvénient à venir près de moi. Ainsi, Jamie pourra s'allonger à l'arrière s'il est fatigué.

Devant un argument aussi irréfutable, Davina prit place sur le siège de couleur crème en poussant un soupir.

A l'intérieur, l'odeur du cuir luxueux se mêlait à celle des fins cigares que Ruy fumait de temps à autre. Il en prit un dans une boîte posée devant lui et l'alluma, attendant que Rodriguez termine de charger les bagages. Davina s'était étonnée que le valet de chambre ne les accompagne pas mais Ruy avait expliqué qu'il se rendrait tout droit à l'*estancia*. Des volutes de fumée bleue s'élevèrent lentement du cigarillo, et l'odeur du tabac remémora à Davina leur première rencontre à Cordoue.

La malle arrière fut fermée. La comtesse leur adressa des signes d'adieu. Ruy mit le contact et démarra.

Davina n'était encore jamais allée à Marbella. Les affaires entreprises par Ruy avec le père de Concepcion étaient récentes. Ils finançaient la construction de quelques villas luxueuses dans un complexe touristique.

La puissante Mercedes avalait les kilomètres et son air conditionné tempérait l'écrasante chaleur régnant au-dehors. Davina appréciait les vitres fumées qui adoucissaient l'éclat éblouissant du soleil.

Voyager en voiture était encore une nouveauté pour

Jamie. Aussi fut-il simple de l'amuser en l'encourageant à compter les véhicules de différentes couleurs qu'il voyait. Au bout de quelques kilomètres, même Ruy se joignit au jeu, amenant Jamie à pousser des éclats de rire triomphants quand, de temps à autre, la distraction de son père lui permettait de gagner des points. Tout en faisant des concessions à son jeune âge, Ruy ne favorisait cependant pas Jamie, et le reprenait fermement mais gentiment quand il commettait une erreur ou quand son exubérance le conduisait à essayer de tricher.

Ils roulaient à travers la vallée du Guadalquivir, sur une route tracée au milieu de riches champs de céréales entretenus par des paysans qui travaillaient inlassablement à leur culture. Cette terre avait été défrichée sous l'occupation des Maures et c'était à eux qu'on devait le système d'irrigation qui l'avait rendue si fertile. Dans les oliveraies, le délicat feuillage luisait d'un gris argenté au soleil et les arbres ployaient sous le poids de leurs fruits. Jamie, pour qui tout cela était nouveau, demanda à quoi servaient les olives. Et Ruy lui expliqua patiemment :

— Pour un Espagnol, l'olive est le symbole de la prospérité. Elle a été introduite en Espagne par les Maures, ainsi que les pêches, les grenades, les nèfles et de nombreux autres fruits. A une époque, Cordoue connut un éclat incomparable grâce à ses savants et ses lettrés. On y venait de toute l'Europe pour les consulter. Tu vois que tu as dans ton patrimoine de quoi être fier, mon fils, et infiniment de raisons pour lui faire honneur.

Jamie acquiesça d'un hochement de tête solennel, puis il sourit gentiment et déclara :

— Quand je serai grand, je veux être exactement comme mon papa. Est-ce que je pourrai apprendre à monter un vrai cheval à l'*estancia* ?

Ruy jeta à un coup d'œil en biais à Davina avant de répondre :

— Je n'y vois pas d'objection. Nous tâcherons de te

100

trouver un petit poney, et Rodriguez t'apprendra, comme son père m'avait appris.

Et comme Ruy l'aurait appris à Jamie sans son accident, songea Davina. Ses yeux s'embuèrent et elle fit semblant de s'absorber dans la contemplation du paysage afin que ses compagnons n'aperçoivent pas ses larmes. Elle attendit d'être certaine que sa voix ne la trahirait pas pour avancer :

— J'aimerais bien prendre des leçons. J'ai toujours eu envie de savoir monter.

Toute son attention mobilisée pour doubler une charrette tirée par un âne coiffé d'un chapeau de paille, Ruy ne fit aucun commentaire. Et Davina préféra ne pas répéter sa demande. Elle se rappelait que, pendant leur nuit de noces, passé le paroxysme de leurs étreintes, il avait murmuré d'une voix enrouée qu'il lui apprendrait beaucoup de choses, et que tous deux en tireraient un plaisir réciproque. Comme tout cela semblait loin, songea-t-elle avec nostalgie. Ruy avait dû promettre cela sous le feu de la passion.

Le *Yacht Club* se trouvait sur un vaste terrain privé, et c'était un ancien hôtel particulier. Ses vérandas en balcons donnaient sur le port où étaient ancrés de nombreux bâtiments de plaisance de toutes tailles et nationalités.

Sa réunion ne durerait pas longtemps, annonça Ruy en garant la voiture. Son fauteuil roulant était installé, à la place du siège du conducteur, sur un châssis mobile électrique servant à le sortir de la Mercedes ou à l'y rentrer, et qui le descendait au niveau du sol ou l'en remontait.

Un chasseur apparut presque aussitôt pour conduire Ruy à la salle de conférences. Avant de partir, il précisa à Davina qu'il l'attendrait dans une heure, et lui conseilla de ne pas trop s'éloigner ou s'attarder au soleil.

Elle décida donc d'aller simplement déambuler sur la

promenade longeant le port, et coiffa Jamie d'un chapeau de toile blanc. Ses jambes potelées commençaient à prendre une jolie couleur hâlée. La comtesse avait insisté pour lui acheter de nouveaux vêtements et, tandis qu'ils partaient main dans la main en direction du port, Davina rit sous cape d'entendre un passant s'exclamer : « Regarde cet adorable bambin si typiquement espagnol ! »

Il régnait une grande animation sur les quais. Des gens descendaient des bateaux ou remontaient à leur bord : des hommes à la peau tannée, vêtus en jeans et tee-shirts ; des femmes en shorts et débardeurs. Tout le monde portait des tenues décontractées. Jamie attira l'attention de Davina sur un hors-bord qui zigzaguait dans la baie, tirant une jeune femme en bikini sur des skis nautiques.

— Je veux faire ça, déclara Jamie en la tirant par la main.

Et, quand Davina lui eut répliqué que c'était très, très difficile, il rétorqua avec la merveilleuse confiance des enfants :

— Je parie que mon papa peut le faire. Et cent fois mieux que cette dame !

Davina lui serra la main, trop émue pour parler. Elle n'avait jamais vu Ruy faire une démonstration mais savait par Sebastian qu'il avait gagné une médaille à des championnats, de même qu'il avait été champion de natation. Et au moins la natation restait un plaisir dont il n'était pas frustré.

Dans la vitrine d'une boutique, une version féminine de la tenue d'équitation espagnole traditionnelle attira l'attention de la jeune femme. Cédant à une impulsion, elle entra et demanda à l'essayer.

Elle lui allait parfaitement et le pantalon noir étroit soulignait la sveltesse de sa taille. Quand la vendeuse eut emballé l'ensemble, Davina constata qu'il était temps de retourner au *Yacht Club*. En sortant du magasin sous le soleil éclatant, elle fut prise d'un bref étourdissement, et l'attribua à la faim.

Elle prit Jamie par la main et ils partirent vers le club. Mais, à mesure qu'ils approchaient de leur destination, le bruit et la réverbération du soleil sur les quais lui semblèrent de plus en plus intenses, au point de lui donner la nausée. Celle-ci sembla s'atténuer quand la jeune femme se trouva à l'ombre, dans la fraîcheur du vestibule du *Yacht Club*.

Un maître d'hôtel la guida vers une table située légèrement en retrait de la salle de restaurant, dans une petite alcôve offrant le maximum d'intimité, mais d'où l'on avait cependant une excellente vue sur le port et les autres convives. Ruy était déjà là, en conversation avec deux hommes qui se levèrent en souriant pour saluer Davina.

— Ah, te voici ma chérie !

Etait-ce vraiment Ruy qui lui parlait sur ce ton chaleureux et prenait ses doigts dans les siens pour les presser tendrement contre ses lèvres ? Une secousse sur son bras lui fit baisser la tête vers lui, et elle le fixa avec des yeux écarquillés d'étonnement tandis qu'il effleurait ses lèvres d'un léger baiser. Il éclata de rire en la voyant rougir et déclara :

— Ma femme est restée typiquement anglaise. Elle pense que tous les gestes de tendresse devraient être réservés à la vie privée.

Les deux hommes se retirèrent discrètement : les relations d'affaires ne devant pas empiéter sur l'activité infiniment plus sérieuse de prendre un repas.

Davina laissa Ruy décider de leur menu. Mais elle fut incapable de terminer les crevettes frites accompagnées d'une sauce délicieuse qu'on lui avait servies comme entrée. Le mal de tête insidieux qu'elle avait commencé à ressentir à la sortie de la boutique était devenu intolérable. Elle mangea à peine quelques bouchées de la salade de saumon que Ruy avait commandée pour suivre, espérant que le babillage de Jamie détournerait son attention. Elle eut tout à coup froid au point de frissonner, probablement, songea-t-elle, en raison du changement de température entre la chaleur qui régnait sur le port et la fraîcheur de l'air conditionné du club.

— Que se passe-t-il ? demanda Ruy sur un ton tranchant. Serait-ce l'effort d'avoir joué un rôle d'épouse affectueuse qui te rend si blême ? Il va de soi que mes associés ont entendu parler de notre mariage et s'attendaient à nous voir au moins simuler les apparences d'un couple heureux. Ils disent que j'ai de la chance d'avoir une femme aussi amoureuse de moi. De la chance ! lança-t-il en faisant une grimace. Partages-tu leur opinion, Davina ? Crois-tu que j'ai de la « chance », alors que je ne peux me déplacer sans l'aide des autres et que mon épouse se détourne de moi avec horreur et dégoût ?

Ce n'est pas vrai, eut-elle envie de s'écrier sans pouvoir le faire car Ruy continua en murmurant de façon à n'être entendu que d'elle seule :

— Bien que je réussisse cependant encore à émouvoir ses sens...

Cette dernière réflexion découragea Davina de rien rétorquer. Après tout, se dit-elle en repoussant son assiette à peine touchée, qu'il pense donc ce qu'il veut et cesse de me harceler. Elle n'avait pas la force de protester.

Comme ils s'éloignaient de la côte en direction des Sierras, nettement séparées en deux par une fissure donnant l'impression d'avoir été faite d'un coup de sabre, Ruy expliqua que la route pour rejoindre l'*estancia* traversait Ronda — ville qui est le berceau traditionnel de la tauromachie.

Dans chaque tournant des virages en épingle à cheveux

de la route de montagne, Davina sentait croître sa nausée, au point de se tenir droite et figée sur son siège.

— Regarde par la vitre, maman ! s'écria tout à coup Jamie.

Elle obtempéra machinalement et le regretta aussitôt en voyant au fond du ravin des carcasses de voitures accidentées en train de rouiller.

— Nous roulons sur la route notoirement la plus dangereuse d'Espagne, et il veut me doubler ! marmonna Ruy brusquement, son regard rivé sur le rétroviseur.

Une volée de coups de klaxon confirma aussitôt son propos et, en se retournant, Davina aperçut une petite voiture de sport rouge qui les suivait de près. Sa capote était baissée et quatre jeunes gens s'entassaient dans son habitacle conçu pour deux passagers.

— Ils sont fous ! lança Ruy. Ma parole, ils ont envie de se tuer ! *Locos ! Turistas !* Ils sont un danger pour la sécurité des autres !

Un coup d'œil sur le compteur montra à Davina qu'eux-mêmes ne roulaient pas lentement, ce qui était quasiment imperceptible tellement le coupé était silencieux. Mais le conducteur imprudent n'en semblait pas moins s'obstiner à vouloir les doubler. Pourtant, la circulation était dense et il y avait juste assez de place pour dépasser en toute sécurité.

— *Cristo !* gronda Ruy quand il entendit un grincement de pneus à un moment où il fut obligé de freiner. J'aimerais bien dire deux mots à ces criminels ! Je me demande s'ils savent combien de gens ont trouvé la mort ici.

Ils arrivèrent à un endroit où la pente de la route commençait à devenir très raide et, au soulagement de Davina, la puissante Mercedes distança rapidement le véhicule surchargé qui les talonnait.

— Si je n'étais pas confiné dans ce maudit fauteuil, je me serais arrêté pour leur dire ma façon de penser, grommela Ruy sur un ton amer. *Por Dios !* j'imagine d'ici leurs têtes si je l'avais fait... un infirme...

Sa rage fit naître une atmosphère tendue au point de réduire Jamie au silence et de faire souhaiter à Davina de pouvoir se débarrasser de la douleur lancinante qui étreignait ses tempes. Elle passa une main sur son front pour essayer de se soulager, mais ce geste suffit à la faire frissonner.

— Qu'y a-t-il ? Tu ne te sens pas bien ? demanda Ruy.

— J'ai mal à la tête et un peu la nausée, murmura-t-elle d'une voix à peine audible. Et j'ai froid...

— Une insolation ! Aurais-tu été assez stupide pour ne pas porter de chapeau quand tu es sortie ce matin ?

Davina fut incapable de répondre. Elle avait envie de se recroqueviller et de gémir mais, au lieu d'admettre que Ruy avait raison, elle préféra se tenir très droite sur son siège en regardant fixement droit devant elle.

Ils roulaient à travers un paysage de rocs en grès rougeâtre, parsemés ici et là de mousse et de fleurs alpines. A leurs pieds s'étendaient la plaine et la côte, mais en raison de son malaise, Davina préféra ne pas les contempler.

Les rues de Ronda étaient étroites et tortueuses, et ses maisons, anciennes. Ruy lui désigna le pont qui enjambait la gorge de grès rouge, en expliquant que son architecte, pris de vertige, était tombé dans le ravin.

L'*estancia* se trouvait après la sortie de la ville, et avait été autrefois la résidence d'été de la famille. L'élevage de leur troupeau de taureaux de combat avait été commencé par Ruy. Les taureaux qui combattaient dans l'arène se divisaient en deux classes, expliqua-t-il à Jamie : les plus jeunes, âgés de trois à quatre ans ; les autres, de quatre à cinq ans, étant utilisés pour la vraie *corrida*. Les taureaux devaient être élevés pour correspondre à des critères très précis de poids, d'âge et surtout, de bravoure.

— La couardise d'un taureau déshonore autant un

torero que celle d'un torero déshonore un taureau, déclara-t-il à Jamie qui ouvrait des yeux ronds en l'écoutant avec révérence.

L'allée carrossable conduisant à l'*estancia* était bordée par des barrières de parcs à bestiaux, et Davina s'étonna de ne pas apercevoir un taureau. Ruy expliqua que pendant la grosse chaleur de l'été, ils étaient dirigés vers les endroits où il y avait le plus d'eau. Des millions étaient investis dans ces animaux et rien ne pouvait être laissé au hasard pour les conserver en bonne santé.

— Ce qui semble absurde puisqu'ils vont mourir de toute façon, répliqua Davina.

Elle n'avait jamais assisté à une *corrida*, mais Ruy lui avait raconté autrefois que ses compatriotes ne se pressaient pas aux arènes pour assister à un spectacle sanglant. Il s'agissait d'une tradition lointaine, remontant à l'époque où les humains adoraient la déesse de la fertilité. L'homme alors assez heureux pour être choisi comme son représentant était roi pendant un an avant d'être sacrifié pour assurer la prospérité. Au fur et à mesure de l'évolution des civilisations, le taureau avait servi de substitut à l'homme, comme l'atteste la civilisation minoenne, et c'était de là que découlait le combat de taureau. Pour un Espagnol, c'était un événement noble et exaltant — quasiment religieux. Et la mort d'une bonne bête était pleurée presque autant que celle d'un bon matador.

Ils arrivèrent enfin à l'*hacienda* : une maison à un étage, avec une façade très longue et une véranda courant sur toute la longueur du rez-de-chaussée. Les fenêtres de l'étage s'ornaient de balcons en fer forgé, dont les volutes délicates, peintes en blanc, luisaient doucement au soleil de la fin d'après-midi parmi les fleurs violettes de bougainvillées qui couvraient toute la façade.

Alors que la poussière soulevée par les pneus retombait, une porte s'ouvrit sur Rodriguez, accompagné d'une petite femme assez forte aux yeux comme des raisins, les cheveux coiffés en chignon serré. Ils se précipitèrent à leur rencontre et Jamie fut sorti de la voiture et hissé contre une poitrine rebondie, tandis que s'élevait un flot de commentaires en espagnol. Davina, pendant ce temps, tentait de s'extirper de son siège. Après s'être sentie auparavant glacée, elle était en nage. Sa robe collait à son dos et de la sueur perlait à son front. Elle avait mal partout et aspirait à s'allonger dans un endroit calme et frais.

— Dolores dit que Jamie est un vrai Silvadores, lui déclara Ruy sur un ton un peu narquois. Elle-même a sept enfants, dont trois vivent ici à l'*estancia* avec leurs parents. Jamie ne manquera donc pas de compagnie. Dolores et son mari, qui est mon régisseur, dirigent la propriété depuis la mort de mon père. Ils y veillent comme si elle leur appartenait. Et je suis certain que Dolores aura fait de son mieux pour assurer notre confort.

Que voulait-il insinuer par là ? Que le confort de l'*hacienda* risquait de lui paraître insuffisant ? En suivant Dolores dans un vaste salon confortablement meublé, dont les volets étaient tirés en protection contre le soleil éclatant, Davina ne comprit pas ce qui pouvait l'avoir incité à penser cela.

Certes, l'*hacienda* n'était pas une demeure aussi somptueuse que le *Palacio*, mais son atmosphère familiale plut immédiatement à la jeune femme. C'était une maison dans laquelle les petits enfants pouvaient courir et fouiner tout leur saoul. Le mobilier n'en était pas pour autant moins bien entretenu qu'au *Palacio*, mais il avait l'air moins intimidant. Canapés et fauteuils rustiques garnis de coussins invitaient à s'asseoir, et des tapis artisanaux en haute laine de couleurs vives réchauffaient la fraîcheur d'un sol en carrelage. Il y avait des fleurs dans une cruche sur la table basse, et les étagères de la bibliothèque qui couvraient un mur étaient pleines de livres et de magazines semblant traiter de gestion agricole. Ce salon ressemblait bien davantage à celui d'un fermier prospère que d'un grand d'Espagne.

— Je vous ai donné la chambre du *patrón*, expliqua la femme en guidant Davina dans un ravissant escalier tournant menant à l'étage.

Ruy l'avait déjà informée qu'à l'*estancia*, on n'utilisait pas de titres. Ici, il était simplement le « *patrón* ». Davina songea que cette appellation avait une consonance patriarcale qui lui allait bien, et elle se mit à l'imaginer en vieux monsieur entouré de sa famille. Son cœur palpita, et elle se morigéna de se laisser aller à des idées aussi chimériques.

Elle pénétra dans une vaste pièce, tapissée de papier à motifs fleuraux, sur le même thème que ceux des rideaux et du dessus-de-lit. Le lit à colonnes était de style rustique espagnol. La salle de bains et le vestiaire contigu donnaient tous deux l'impression d'avoir été récemment modernisés. Les accessoires de la salle d'eau reflétaient le même style campagnard que la chambre, avec un carrelage peint de fleurs et de feuillage.

— Vous aimez ? demanda Dolores avec un sourire rayonnant. C'est tout neuf depuis que le *patrón* s'est marié, pour sa *novia*… si…

Le cœur de Davina se serra et son regard se fit différent. Tout cela avait été aménagé pour Carmelita. L'ensemble obtenu ne lui paraissait cependant pas adapté à sa personnalité bouillante. En revanche, Davina la trouvait tout à fait à son goût. Elle s'était sentie à l'aise dès qu'elle était entrée. Les draps sentaient la lavande et son odeur flottait dans l'air. La lavande. Un parfum tellement anglais ! Celui de l'œillet ou une essence plus exotique n'aurait-il pas mieux convenu à Carmelita ?

Le malaise que Davina avait ressenti durant le voyage la reprit au cours du dîner. Dolores avait préparé du poulet rôti servi avec des poivrons et du maïs. Jamie s'en régalait manifestement. Et Davina se sentit soulagée de constater qu'il avait l'air de s'adapter à un changement de nourriture sans trop de problèmes. Elle-même, après avoir avalé péniblement une bouchée, repoussa son assiette. Ils dînaient de bonne heure, parce que Ruy voulait passer la soirée à discuter avec le régisseur du domaine.

— La chambre te plaît-elle ? demanda-t-il en lui servant un verre de vin.

— Elle est ravissante, répliqua-t-elle avec indifférence. Dolores m'a dit qu'elle avait été décorée assez récemment pour ta *novia*, ajouta-t-elle sans pouvoir contenir un peu d'amertume. Elle ne me semble pas en harmonie avec la personnalité de Carmelita

Elle fut stupéfaite de voir la mâchoire de Ruy se crisper de colère. Il but une gorgée avant de déclare sèchement :

— Cette pièce n'a pas été décorée pour Carmelita, mais pour ma femme... pour toi. Je l'avais fait aménager pendant que tu étais enceinte de Jamie. J'avais pensé qu'après sa naissance, nous pourrions passer davantage de temps ici. L'atmosphère y est plus propice à la vie de famille que celle du *Palacio*.

— Ruy, je ne trouve pas de mots...

— C'est sans importance, la coupa-t-il en haussant les épaules. Cette pièce avait été aménagée dans des circonstances totalement différentes de celles dans lesquelles nous nous trouvons à présent.

Se rappelant sa décision de la veille, elle était sur le point de lui déclarer qu'elle tenait à faire désormais chambre à part, quand il quitta la table sans lui en laisser le temps.

Après avoir fait prendre un bain à Jamie et répondu à toutes ses questions avant de le coucher, son mal de tête avait empiré. La jeune femme s'apprêtait à se glisser avec soulagement dans le repos des draps frais lorsqu'elle se souvint n'avoir toujours pas eu l'occasion d'exposer sa décision à Ruy, qui se trouvait toujours en bas.

Elle jeta un coup d'œil perplexe sur sa robe de chambre étalée de l'autre côté du lit. Il était difficile de lui demander de trouver un autre lit aussi tard. Puis, se sentant gagnée par le sommeil, elle décida qu'il serait encore temps de lui parler le lendemain.

La fraîcheur des draps lui parut glaciale et, en éteignant la lampe de chevet, Davina sentit son corps aspirer insidieusement à la chaleur de celui de Ruy.

8

Davina se réveilla transie de froid. Elle avait atroce-ment mal à la tête et un goût aigre dans la bouche. Sur le point d'allumer sa lampe de chevet, elle y renonça pour ne pas risquer de réveiller Ruy, puis se leva pour se rendre dans la salle de bains sur la pointe des pieds.

Elle se sentait fiévreuse et avait les joues rouges. Ruy avait raison, songea-t-elle en s'observant dans le miroir. Elle aurait dû porter un chapeau pour se promener au soleil, mais avait oublié à quel point il pouvait être violent. Le mauvais goût qu'elle avait dans la bouche se dissipa quand elle se fut brossé les dents. Elle prit deux comprimés d'aspirine avant de retourner se coucher.

Les portes-fenêtres donnant sur le balcon étaient ouvertes, laissant pénétrer l'air embaumé des parfums de la nuit dans la chambre. Davina savait que la température n'avait pas pu brusquement chuter de dix degrés. Mais, tandis qu'elle se rendait vers le lit, la brise venant de l'extérieur lui parut glacée. C'était le contrecoup de son insolation, se dit-elle en contemplant les fleurs d'un jacaranda qui frôlait le sol du balcon tandis que les crissements aigus des criquets résonnaient dans le calme de la nuit.

Comme elle se glissait entre les draps, Ruy bougea

dans son sommeil, murmurant quelque chose en espagnol. Pour une fois, il avait les traits détendus, et le même visage qu'au moment de leur mariage. Elle fut tout à coup saisie d'un frisson involontaire.

— *Amada…* chuchota Ruy sans ouvrir les yeux.

Il lui passa un bras autour de ses épaules, et l'attira contre la chaleur de son corps.

Elle sentit sa peau fourmiller de bien-être au contact de la sienne et sous la tiédeur de son haleine sur sa tempe. Tout en se gourmandant de céder aussi facilement à l'empire de ses sens, Davina s'abandonna au plaisir d'être serrée contre lui. Elle songea cependant que son geste était un simple réflexe : il devait sans doute rêver qu'il tenait Carmelita dans ses bras. Cette idée l'incita à s'écarter. Comme elle essayait de le faire, il l'emprisonna plus étroitement et ses lèvres effleurèrent tendrement la peau frémissante de sa gorge et de ses épaules.

— Ruy… balbutia-t-elle en cherchant à le repousser.

— *Querida ?* murmura-t-il d'une voix enrouée qui lui ôta toute volonté tandis que son bras l'enlaçait plus étroitement.

Elle le regarda et vit que ses yeux étaient toujours fermés bien que ses doigts la caressent doucement. C'était de la folie de le laisser faire, songea-t-elle quand Ruy écarta le voile de coton de sa chemise de nuit pour enfouir sa tête au creux de ses seins, en la serrant contre lui comme s'il ne voulait plus jamais la relâcher. Mais, cette fois, son étreinte était douce, presque fervente. Et les doux mots d'amour espagnols qui s'échappaient de ses lèvres, ponctués de baisers, affaiblirent sa volonté chancelante. Il aurait été facile de lui répondre, de l'encourager. Mais elle n'en fit rien, persuadée qu'il n'avait pas conscience de ses actes. Avec nostalgie, Davina songea à leur lune miel.

— *Amada…* murmura-t-il contre sa joue avec un soupir heureux, dis-moi que tu m'aimes…

Les larmes lui vinrent aux yeux et elle retint une envie pressante de tout lui avouer, convaincue que cette requête ne s'adressait pas à elle, pas plus que les doux baisers et les mots tendres qu'il murmurait.

Elle retint son souffle et pria le Ciel qu'il ne se réveille pas. Peu après, elle entendit au rythme régulier de sa respiration que son souhait était exaucé. Mais quand elle essaya de s'écarter de lui pour retourner de son côté du lit, l'étreinte de son bras l'en empêcha et elle s'endormit, comme elle en rêvait depuis longtemps, dans les bras de l'homme qu'elle aimait.

— Embrasse-moi, *amada*...

Ces paroles chuchotées d'une voix rauque pénétrèrent le sommeil de Davina. Ses paupières s'ouvrirent. Elle était blottie tout contre lui et ses lèvres caressantes frôlaient tendrement sa joue.

— Ruy ?

— *Dios*, j'ai envie de toi !

Dans les lueurs de l'aube, il était pâle sous son hâle et les battements de son cœur se précipitèrent sous les paumes de la jeune femme. Il courba la tête et s'empara de sa bouche avec une maîtrise consommée qui la conduisit à répondre avec ardeur. Ecrasée sous le poids de son corps, elle le sentait vibrer de désir. Puis il fit glisser sa chemise de nuit avec des mains impatientes et contempla avec des yeux brûlants son corps aux courbes gracieuse.

— Ruy...

Sa protestation fut étouffée par un long baiser qui lui ôta toute envie de résister. Puis, les doigts enfouis dans ses cheveux, il la dévisagea en murmurant sur un ton rêveur :

— Tu es ma femme, Davina. Depuis ton retour, j'ai repris conscience du fait que je suis un homme. Partager une chambre avec toi m'a rappelé tout ce qui m'avait manqué. Ta peau est comme de la soie, et tu trembles sous ma plus légère caresse. Tu as un goût de roses et de miel et ta chevelure ressemble à des rayons de lune. Il faudrait que je sois de marbre pour résister à ta beauté. Or je ne suis fait que de chair et de sang, et je ne peux m'empêcher de te désirer.

— Ruy, c'est de la folie !

— Sans doute, convint-il avec un sourire moqueur. Mais une folie qui permet aux humains de ne pas perdre l'esprit. Pourquoi me refuserais-tu ce que tu as accordé à tant d'autres, Davina ? Je suis ton mari...

— Et, à cause de cela, tu voudrais que je satisfasse un besoin purement physique ? demanda-t-elle sur un ton amer. J'avais meilleure opinion de toi, Ruy. Je ne te croyais pas capable de vouloir une femme sans amour.

— Moi non plus. J'ignorais que le désir puisse devenir plus fort que tout.

En le voyant pencher la tête, elle comprit qu'il ne renoncerait pas. Mais elle ne voulait pas lui céder ainsi, en devenant un substitut de Carmelita. Et elle implora :

— Réfléchis... cela ne pourrait nous conduire qu'à nous détester...

— Peut-être... murmura-t-il contre ses lèvres. Mais dans l'intervalle, nous aurons goûté une douceur partagée. Un apaisement qui est un réconfort en lui-même. Ne veux-tu pas goûter cet apaisement avec moi, douce Davina ?

Quand sa bouche reprit la sienne, elle se sentit incapable de lutter contre le feu qui se mit à courir dans ses veines. Plus rien n'avait d'importance. Il déposa un léger baiser sur sa nuque et chuchota d'une voix rauque.

— *Dios... querida,* j'ai follement envie de toi !

— Ruy... murmura-t-elle sur un ton trahissant toute l'ampleur de son émoi.

Il releva la tête et fixa sur les siens des yeux assombris par un désir brûlant.

— Ah, tu ne crains plus à présent que nous en venions à nous détester, *querida* ? Eprouves-tu la même sensation que moi ? Ton corps se languit-il d'être réuni au mien ? Ton besoin de satisfaction a-t-il réussi à vaincre tes scrupules ? As-tu aussi envie de moi que j'ai envie de toi ?

— Oui, avoua-t-elle dans un souffle.

— Alors...

La suite de sa phrase fut interrompue par des coups frappés à la porte.

Il fronça les sourcils et tourna la tête pour regarder l'heure à sa montre posée sur la table de chevet.

— *Dios !* jura-t-il doucement. J'avais oublié. J'ai demandé à Rodriguez de me réveiller de bonne heure pour descendre examiner les enclos des taureaux. Que dois-je faire, *amada* ? Le renvoyer ? proposa-t-il sur un ton qui la fit rougir.

Davina avait profité de ces quelques secondes de répit pour se ressaisir. Elle fit non de la tête tout en s'écartant de ses mains possessives.

— Ah, j'avais oublié cette pruderie anglaise, railla-t-il doucement. Tu m'étonnes, *querida*. Une femme de ton expérience ne devrait pas être embarrassée que l'on sache son mari plus préoccupé de s'attarder à ses côtés que d'aller inspecter son bétail.

— A quoi cela servirait-il sans amour ? répliqua Davina sur un ton las.

— A rien ! Mais tu y as néanmoins pris plaisir. Ne cherche pas à le nier.

— Le plaisir n'est pas suffisant en soi... du moins, pas pour moi, Ruy.

— Il me semble que tu es de mauvaise foi, *querida*, rétorqua-t-il sèchement, le visage fermé. Mais ce n'est sans doute pas le moment que j'essaye de le démontrer.

Il lança ensuite quelques mots en espagnol adressés à Rodriguez tandis que Davina se détournait, au désespoir. Savoir qu'il avait envie d'elle ne l'avançait à rien. Se donner à lui dans de telles circonstances serait une pure folie qui finirait sans doute par les détruire tous deux.

— Tu étais sur le point de céder, Davina, déclara Ruy derrière elle sur un ton uni. Même si tu t'efforces de le nier. S'agissait-il uniquement de désir ?

Elle devint écarlate à l'idée qu'il frôle la vérité de si près. Quoi qu'il advienne, il ne fallait pas lui laisser comprendre qu'elle l'aimait encore.

— Oui, mentit-elle bravement. En outre, je te l'ai déjà dit, je pense qu'il n'est pas bon pour Jamie d'être fils unique.

Après un instant de silence, Ruy grommela rageusement :

— Le diable t'emporte, Davina !

Tandis qu'ils prenaient le petit déjeuner, Davina avait du mal à croire que l'homme froid et distant assis près d'elle soit le même qui, peu auparavant, lui avait murmuré de si tendres mots d'amour.

Mais alors qu'il rêvait encore à Carmelita dans un demi-sommeil, se gourmanda-t-elle. Cela n'avait rien d'étonnant qu'il se montre aussi glacial à présent ! Il tenait à lui manifester clairement son indifférence.

— Rodriguez va m'apprendre à monter à cheval aujourd'hui, déclara Jamie entre deux gorgées d'orange pressée. Et ensuite, papa m'emmènera voir les taureaux. Ils sont très gros et je ne dois pas en approcher tout seul.

Davina jeta un regard interrogateur vers Ruy pour lui demander confirmation. Mais, plongé dans la lecture de son courrier, il ne le remarqua pas.

— Tu nous accompagneras aux écuries ? reprit Jamie.

— Ta mère ne voudra sans doute pas risquer de salir sa robe, intervint Ruy avec un coup d'œil dissuasif à son adresse.

— Oh, je n'en ai pas pour longtemps à aller me mettre en jean, répliqua-t-elle avec un sourire forcé, bien décidée à ne pas se laisser priver de la compagnie de son fils parce que son père n'avait manifestement pas envie de la voir.

Dix minutes plus tard, tous trois se dirigeaient vers les écuries. Celles-ci ne se trouvaient pas loin de la maison mais, se souvenant de son insolation de la veille, Davina avait pris la précaution de porter un chapeau à larges bords.

Sur six stalles, trois seulement étaient occupées. Les chevaux des deux premières était utilisés pour le travail sur l'*estancia*, expliqua Ruy à Jamie. Ce qui offrait deux avantages. Dont le premier était que l'on pouvait se rendre à cheval dans des endroits inacessibles à une Land Rover, aussi solide soit-elle. Le second, de préparer les taureaux à la vue et l'odeur des chevaux dans l'arène.

Les yeux écarquillés, Jamie l'écoutait attentivement continuer d'exposer que si l'on toréait désormait à pied, le combat s'était autrefois pratiqué à cheval. Ce qui se commémorait au début de chaque corrida par une parade traditionnelle de montures andalouses.

Se souvenant que Ruy avait eu un étalon andalou nommé Cadiz, Davina lui demanda ce qu'il était devenu, étonnée de voir Rodriguez lui adresser un hochement de tête répprobateur.

— Un animal ne pure race n'est pas fait pour un infirme, répliqua Ruy sèchement. Cadiz me considérait comme son maître tant qu'il me respectait.

Davina songea un instant avec horreur que Ruy avait peut-être fait abattre cette bête, à son soulagement, il ajouta que Cadiz se trouvait en pension dans un haras appartenant à l'un de ses amis.

— Où il se languit des verts pâturages de son pays, intervint Rodriguez que Davina entendait manifester un signe de désapprobation pour la première fois.

— Cadiz, comme nous tous, doit apprendre que la vie n'est pas toujours telle que nous la souhaiterions, rétorqua Ruy sur un ton mordant. C'est d'ailleurs sans doute une folie de le garder. J'aurais dû le vendre. Car je ne le monterai sûrement jamais.

— Où est mon poney ? geignit Jamie, apportant ainsi une heureuse diversion à la conversation.

Se séparer de son cheval avait dû représenter pour Ruy une frustration atroce, songea Davina en se rappelant la merveilleuse entente qu'elle avait constatée entre le cavalier et sa monture à la *feria* de Séville.

— Regarde, *pequeño*, il est là, déclara Rodriguez à Jamie en le hissant au-dessus du portillon de la stalle où affleuraient tout juste les doux naseaux de l'animal.

Davina les observait et jeta par hasard un regard sur Ruy. Son visage exprimait un tel regret qu'elle détourna aussitôt les yeux, troublée de l'avoir surpris dans un moment de désarroi.

— Qu'y a-t-il ? demanda Ruy qui avait remarqué son manège. N'aurais-je pas le droit d'être ému en souhaitant être celui qui mette mon fils sur sa première monture, en souhaitant le tenir dans mes bras et être fier de lui ?

— J'imaginais que cela t'était indifférent, riposta Davina, étonnée. Il a près de quatre ans, et jamais une seule fois...

— Parce que je savais que j'aurais été incapable de le voir puis de m'en aller sans lui, coupa Ruy violemment. Il vaut mieux couper le mal à la racine que le laisser vous ronger.

Que cherchait-il donc à expliquer ? Que Jamie lui aurait manqué ? Alors pourquoi n'avait-il jamais essayé de le rencontrer ? Rien ne l'en empêchait. A moins, bien entendu, que Carmelita s'y soit opposée.

— Tu m'avais dit n'être même pas certain qu'il fût de toi, lui rappela Davina, réveillant une blessure encore douloureuse.

— J'avais tenté de m'en persuader. Il était ainsi plus facile de m'en tenir à ma décision. Mais il suffit de le contempler pour ne conserver aucun doute sur sa paternité, n'est-ce pas ?

— Regarde-moi, papa ! lança Jamie triomphalement, juché sur le dos du poney placide. Je monte à cheval !

Rodriguez le guidait calmement autour de l'enclos, prêt à intervenir à la moindre anicroche. Mais Jamie semblait ignorer toute espèce de peur, tenant les rênes avec un visage rayonnant de plaisir.

En observant son fils, Davina sentit son cœur se serrer tandis qu'elle essayait de dominer l'amertume que lui causaient les propos de Ruy. Elle l'avait toujours imaginé indifférent envers Jamie parce qu'il n'était pas l'enfant de la femme qu'il aimait, or il venait de prouver que son attitude provenait seulement de sa méfiance.

— Sur sa paternité, oui, convint-elle fièrement, espérant que Ruy ne verrait pas les larmes qui brouillaient sa vue. Mais le seul fait de l'avoir engendré ne suffit pas pour être vraiment un père.

Sur quoi elle tourna les talons et s'enfuit avant que Ruy ait pu lui répondre, incapable d'affronter son regard perspicace, craignant qu'il ne comprenne le secret enfoui au fond de son cœur.

Davina était dans sa chambre quand elle entendit une voiture s'arrêter devant la maison. Ruy n'était pas encore revenu de l'enclos de l'écurie. Elle se leva du lit où elle s'était allongée et enfila rapidement une robe. Elle venait tout juste de la mettre quand Dolores frappa à la porte.

— C'est le *Señor* Carlos, annonça-t-elle quand Davina lui ouvrit. Il est venu pour voir les taureaux. Cela faisait longtemps qu'on ne l'avait pas vu ici. Il est *muy hombre, si ?*

Davina éclata de rire. Même Dolores était sensible au charme de Carlos.

— Mes hommages, comtesse.

La chaude pression des lèvres de Carlos sur les doigts de la jeune femme démentit aussitôt le conventionnalisme de la formule de politesse, et Davina dut se retenir pour ne pas lui retirer vivement sa main comme une adolescente confuse.

En voyant les yeux de Carlos pétiller d'amusement, elle le soupçonna d'avoir parfaitement compris sa réaction et rougit légèrement.

— Apportez-nous du *fino* et des biscuits aux amandes, s'il vous plaît, Dolores, demanda-t-elle en s'efforçant de paraître calme. Ruy est descendu aux écuries, ajouta-t-elle à l'adresse de Carlos. Jamie prend sa première leçon d'équitation et...

— Bien entendu, le fier père tient à y assister, termina Carlos à sa place. Ainsi que je le ferais moi-même si j'avais un fils bien que, je dois l'avouer, je serais très partagé.

En voyant l'air embarrassé de Davina, il se pencha vers elle, si près qu'elle discerna clairement la frange sombre de ses longs cils sur la couleur chaude de sa peau hâlée.

— Si j'avais une épouse aussi ravissante que vous l'êtes, *querida*, continua-t-il, je ne voudrais pas la quitter un instant. Bien que le lien entre père et fils soit également très précieux. Ruy a vraiment beaucoup de chance.

Dolores reparut avec le xérès et des petits biscuits aux amandes avant que Davina n'ait eu le temps de réprimander Carlos pour son badinage. Ils étaient en train de déguster le vin fin sec dans le patio quand Davina entendit le chuintement du fauteuil roulant et les cris de Jamie qui arriva vers elle en courant.

— Voici donc ton fils, Ruy, avança Carlos sur un ton désinvolte quand son ami fut à portée de voix. C'est un beau garçon.

— Carlos. Quel bon vent t'amène?

Il eut l'air de ne pas remarquer le peu d'enthousiasme de cet accueil et répliqua sereinement :

— Je combats aux arènes de Ronda cette semaine. Je profite donc de l'occasion pour venir voir tes taureaux. Et, bien entendu, ton adorable épouse. J'espère également que tu m'offriras l'hospitalité pour la nuit.

— Je suis en train de préparer la paella préférée du *Señor* Carlos, annonça Dolores qui venait d'apporter un verre de lait pour Jamie. C'est sympathique qu'il vienne de nouveau nous voir, *si*?

— Je suis certain que ma femme est d'accord avec vous, répliqua Ruy, sarcastique. Carlos, Dolores te préparera une chambre... Rodriguez, je souhaite me rendre dans la mienne, ajouta-t-il en se tournant vers celui-ci. Aidez-moi, s'il vous plaît.

Davina se leva machinalement et avança les mains vers le fauteuil. Mais, à son dépit, Ruy la repoussa rudement.

— Excusez-le, dit-elle à Carlos d'une voix enrouée quand ils se retrouvèrent en tête à tête. Il accepte mal d'avoir besoin qu'on l'aide.

— Vous êtes trop bonne, *pequeña*. Ruy est l'un de mes plus vieux amis, mais je l'aurais volontiers corrigé pour vous avoir humiliée comme il vient de le faire. Comment pouvez-vous supporter cela ?

— Parce que je l'aime, murmura Davina. Mais c'est bien inutile... car lui ne m'aime pas.

— Vraiment ? demanda Carlos doucement. Il semble néanmoins manifestement jaloux.

— Sans doute parce qu'il me considère comme sa propriété. Je n'y vois pas d'autre explication. Car il est amoureux d'une autre, et je sais de qui.

Elle regretta aussitôt cet aveu, mais il était trop tard pour revenir en arrière et Carlos la regardait d'un air compatissant.

— Et... de qui s'agit-il ?

— De Carmelita, souffla Davina, en se demandant pourquoi elle se confiait ainsi à Carlos.

Probablement, réfléchit-elle, parce que son tourment lui pesait trop.

— Il faudrait qu'il soit devenu fou ! s'exclama Carlos. Je n'arrive pas à croire qu'il puisse vous préférer une pareille femme ! Et je la connais bien. L'homme avec lequel elle s'est mariée était le fiancé de Concepcion — ce n'était pas officiel, mais il était néanmoins convenu qu'il devait l'épouser. Il est colossalement riche et je suis certain que Carmelita s'est efforcée de le détourner de ma cousine uniquement à cause de sa fortune. Et bien que celle-ci essaye de nous le cacher, elle en a été très affligée. En Espagne, être délaissée, représente toujours pour une jeune fille la pire humiliation. Je me suis querellé avec Ruy à ce propos. Le sachant ami avec Carmelita, je l'ai supplié d'intercéder auprès d'elle en faveur de Concepcion. Mais il n'a rien voulu entendre.

— Parce qu'il est incapable de la contrarier en aucune manière, répliqua Davina sèchement. Oh, j'aurais mieux fait de ne jamais revenir en Espagne...

Des larmes lui vinrent brusquement aux yeux. Elle s'efforça de les contenir, mais pas avant que Carlos ne les ait remarquées.

— Pauvre *pequeña*, murmura-t-il. Il faut montrer à ce méchant mari que, s'il vous néglige, d'autres peuvent se montrer plus empressés... moi y compris, ajouta-t-il, lui saisissant une main qu'il porta à ses lèvres en les appuyant longuement contre ses doigts. Vous êtes très belle, Davina, reprit-il. Et j'essayerais de vous voler à votre époux si vous n'étiez pas aussi amoureuse de lui. Mais, puisqu'il en est ainsi... s'interrompit-il, en resserrant son étreinte et, sans que Davina ait pu deviner son intention, il pencha brusquement la tête et l'embrassa légèrement sur les lèvres, murmurant avant de se redresser : Ruy vient d'entrer et nous observe. A mon avis, il n'apprécie pas du tout ce qu'il voit.

L'expression était bien au-dessous de la vérité, songea Davina en se retournant lentement après que Carlos l'eut libérée. Dans son fauteuil immobile devant la porte, Ruy avait le visage crispé de rage.

Elle se leva d'un bond et se précipita vers lui. Mais, alors qu'elle arrivait auprès de lui, il tourna brusquement et jura entre ses dents en se cognant contre la porte.

— Ruy...

Sourd à la protestation, par un effort surhumain, il se redressa et se mit debout au moment où Rodriguez entrait dans le patio. Celui-ci exhala un soupir incrédule à l'instant même où Ruy, perdant l'équilibre, se mit à chanceler.

Etant la plus proche, Davina tendit les bras pour le soutenir. Il la repoussa si violemment qu'elle se heurta contre le mur et s'érafla un coude sur une pierre. Ce fut Rodriguez qui le remit sur son siège et le rentra dans la maison.

— Oh, Carlos, pourquoi avez-vous fait cela ? protesta Davina quand ils furent seuls.

— Tout d'abord, parce que j'adore embrasser les jolies femmes, répliqua-t-il avec un sourire désarmant. Et en outre, parce que je voulais mettre une théorie à l'épreuve. Ruy est bien loin d'être aussi indifférent que l'imaginez. J'en suis certain. Il faut simplement exciter un peu sa jalousie... pour l'amener à comprendre ce que vous représentez pour lui. Après tout, vous êtes sa femme et, pour un Espagnol, le mariage est sacré...

Comme Davina hochait la tête d'un air incrédule, Carlos renchérit :

— Mais n'avez-vous pas remarqué la manière dont il s'est mis debout ? Alors qu'il est soi-disant paralysé ? Cela ne vous donne-t-il pas à réfléchir ?

Bien sûr que si ! Davina se rappela les propos du

Dr Gonzales. Ruy s'était relevé parce qu'il était fou de rage contre elle. Sans se leurrer quant à son indifférence, Davina entrevit la force de la blessure de son amour-propre à l'idée qu'elle éprouve de l'attirance envers un autre. Jusqu'à quel point faudrait-il le blesser dans son orgueil pour faire céder son blocage mental et l'amener à marcher ? Comment pourrait-elle le mettre assez en colère pour réussir à cela ?

— J'ai une idée, reprit Carlos. Je vais faire semblant de vous courtiser. Et nous verrons bien qui a raison. Je suis sûr que Ruy tient à vous.

Aucun argument de Davina ne put l'en faire démordre. Pendant tout le dîner, Carlos l'accabla de compliments tandis qu'elle sentait le regard de Ruy peser sur elle sans cesse. Dès la fin du repas, elle prétexta la fatigue pour se retirer. Et quand Carlos lui baisa la main avec la même insistance que précédemment, elle n'osa même pas jeter un coup d'œil vers Ruy.

9

— Ceux-ci sont les taureaux utilisés pour la *novillada*, et les plus gros, là-bas, ceux de *corrida*, expliqua Carlos à Davina en lui montrant les bêtes dans leur enclos. Le combat a la même durée et se déroule de la même manière dans l'une et l'autre. La seule différence, c'est que, pour une *novillada*, le taureau est plus jeune et le matador, un débutant. Ruy a lui-même autrefois combattu dans l'arène comme *rejoneador* — c'est-à-dire un torero qui combat le taureau à cheval. C'est très complexe et demande beaucoup de talent.

C'était sa première référence à Ruy depuis que Davina l'avait retrouvé à table pour le petit déjeuner, et elle appréciait qu'il ne l'ait pas interrogée sur les résultats de sa tactique de la veille. Elle savait que Carlos agissait ainsi par gentillesse et qu'une étincelle pouvait provoquer un incendie. Mais pour faire jaillir une étincelle, il aurait fallu que Ruy l'aime.

— Oui, Ruy et Cadiz étaient superbes ensemble dans l'arène, continua Carlos. Vous comprendrez ce que je veux dire cet après-midi à Ronda. Bien que les *rejonadores* que vous y verrez avant le début du combat à proprement parler soient bien loin de l'égaler.

— Pourquoi a-t-il renoncé ? demanda Davina distraitement, frissonnant légèrement tandis qu'elle contemplait les corps puissants et tout en muscles des bêtes en train de paître derrière la clôture électrifiée.

Ce qui était une précaution indispensable, lui avait expliqué Carlos, car il n'était pas exclu qu'un animal nerveux charge et détruise une barrière ordinaire si la fantaisie l'en prenait.

— Je le lui ai demandé une fois, répliqua Carlos en haussant les épaules. Il m'a répondu préférer les élever que les tuer. Mais comme une telle remarque de la part d'un Espagnol frise l'hérésie, il ne tient pas à ce que cela se sache. A cette époque, nous étions amis intimes et je comprenais ce qu'il voulait dire. Il existe une étroite communion entre taureau et matador. L'un et l'autre savent qu'ils se combattent pour leur vie. C'est pourquoi, dans un bon combat, les deux adversaires se respectent. Je n'ai encore jamais tué un animal brave sans regret.

Davina sentit les battements de son cœur s'accélérer en contemplant les redoutables bêtes, envahie par la peur primitive à la vue des pointes meurtrières de leurs cornes luisant sous le soleil. Elle ne pouvait oublier qu'un semblable à ceux-ci avait encorné et blessé Ruy. Le mari de Dolores et deux jeunes gens à cheval se mirent à séparer le troupeau et à en rabattre quelques-uns dans leur direction.

— Restez immobile, la prévint Carlos en dépit de la clôture électrifiée qui se trouvait devant eux. Un mouvement brusque suffit à attirer leur attention. Et je n'ai pas envie de démontrer mon talent avec les mains nues et sans mon *traje de luces*, déclara-t-il sur le ton de la plaisanterie.

Davina éclata de rire tout en tremblant encore de peur. Pour pénétrer dans les torils où ils attendraient avant d'être transportés, les taureaux devaient d'abord traverser une cour ouverte. Elle n'opposa donc aucune objection à partir quand Carlos le suggéra.

— Vous pensiez à Ruy, n'est-ce pas ? s'enquit-il doucement tandis qu'ils retournaient vers la maison.

Davina en convint et demanda :

— Est-ce que cela ne vous fait pas peur ?

— De risquer le même sort que lui ? murmura-t-il sur un ton rêveur. Il m'arrive d'y penser, bien sûr. Mais cela fait partie de l'attrait du danger, du frisson que l'on ressent à frôler la mort, puis de la joie enivrante de l'avoir trompée — une fois de plus. Mais voir Ruy dans cet état a quelque chose de dégrisant. Je me souviens de lui quand nous étions ensemble à l'université de Séville. Tellement *hombre*... les plus jolies filles tournaient autour de lui !

Il haussa les épaules, l'air rêveur, et continua :

— Mais son succès ne lui tournait pas la tête. Le poids de ses responsabilités l'a obligé très jeune à être sérieux, vous comprenez... Il avait quinze ans à la mort de son père et a dû assumer un rôle d'adulte alors qu'il était encore adolescent. C'est pourquoi j'étais ravi pour lui en apprenant qu'il avait épousé une jeune Anglaise belle comme une fleur avant qu'elle n'éclose, et avec une chevelure de la couleur du sable sous le clair de lune. Car, en dépit de son apparente arrogance, Ruy a plus que tout autre besoin d'amour et la seule satisfaction physique ne saurait le contenter.

Davina dut admettre en son for intérieur que Carlos avait probablement raison. Comme elle regrettait de ne pouvoir être celle qui comblerait Ruy !

En approchant de la maison, Davina entendit Jamie babiller sur un ton surexcité.

— Regarde ce que papa m'a offert ! lui lança-t-il dès qu'il l'aperçut.

Elle découvrit, posée sur un fauteuil, une superbe selle en cuir rouge, assortie aux rênes que Rodriguez lui avait données la veille. Damasquinée de nielles d'argent, elle était à la taille d'un enfant, et avait manifestement été faite spécialement pour lui.

— Tu devras en prendre soin toi-même, déclara Ruy fermement à Jamie. Rodriguez te montrera comment faire.

Tout en parlant, ses yeux détaillaient la silhouette svelte de la jeune femme, vêtue d'un jeans et d'un tee-shirt en coton léger qui épousait les formes pleines de son buste. Comme le regard de Ruy s'attardait sur leurs courbes, elle sentit ses jambes se dérober sous elle : s'il l'avait touchée à cet instant, elle aurait été incapable de dissimuler la violence de son envie de lui.

Carlos partit de l'*hacienda* pour Ronda un peu avant midi. Davina s'était exclamée qu'il allait rater le déjeuner mais il déclara ne jamais manger avant le combat. Il leur remit des billets pour les meilleures places et insista pour qu'ils le rejoignent dans sa loge après la *corrida*.

— Tu défies la chance, mon ami, lui répliqua Ruy. Je pensais que tu ne prononçais jamais le mot « après ».

— Autrefois, sans doute, convint Carlos. C'est que je n'avais alors rien à espérer, ajouta-t-il en se tournant vers Davina. Vous prierez pour moi, *querida* ? demanda-t-il avant de lever ses doigts vers ses lèvres en les y appuyant longuement.

— Oui...

— *Bien*, dit-il en tournant la main de la jeune femme pour déposer un baiser chaleureux au creux de sa paume. Voici un gage que je vous demanderai de me rendre si je suis vainqueur, ajouta-t-il en refermant ses doigts.

— Je prierai donc doublement pour que vous le soyez, répliqua hardiment Davina en réussissant à lui rendre son sourire.

Des lueurs éloquentes passèrent dans le regard de Carlos — ainsi que dans celui de Ruy, mais d'une sorte très différente !

Obéissant à une impulsion soudaine, Davina choisit de mettre l'une de ses plus jolies robes pour se rendre à la *corrida* : en mousseline de soie blanche imprimée de motifs floraux lilas et mauve pastel, elle avait des manches longues et une jupe portefeuille, laissant entre-voir ses longues jambes minces quand elle marchait, et un décolleté en pointe attirant subtilement l'attention sur le creux de sa gorge. Des escarpins à hauts talons en chevreau lavande et un chapeau assorti à la robe, garni de ruban blanc, complétaient l'ensemble.

Elle comprit avoir bien choisi quand Ruy, entrant dans leur chambre, se raidit en déclarant :

— Ainsi... pour Jamie et moi, des jeans suffisent largement. Mais, pour Carlos, tu préfères te montrer en jeune femme innocente et féminine. Mais n'imagine pas le duper. Sous ses airs volages, c'est un Espagnol avisé. Sa femme, le jour où il se mariera, sera pure et docile. Dans l'intervalle, il se distrait avec des *rameras*... des femmes de petite vertu, expliqua-t-il sur un ton insultant comme Davina le regardait avec des yeux ronds. Des femmes dans ton genre, *mi querida*.

Il avait prononcé ces derniers mots avec une telle violence que Davina se mit à trembler, incapable de prononcer une parole pour se défendre tant elle avait la gorge nouée. A demi aveuglée par les larmes, elle sortit de la pièce d'un pas trébuchant pour aller préparer Jamie.

— Maman a pleuré, annonça-t-il à Ruy, à l'horreur de Davina, quand ils furent tous rassemblés au rez-de-chaussée. Mais je l'ai consolée en l'embrassant, n'est-ce pas ?

Davina fit oui de la tête, songeant qu'elle aurait eu besoin de baisers très différents pour apaiser son cœur déchiré. Elle ne put cependant s'empêcher de glisser sur Ruy un regard entre ses cils pour voir comment il accueillait les confidences innocentes de Jamie.

Il observait le bambin la tête penchée de côté. La blancheur de sa chemise en soie tranchait sur la peau

brune de son cou, accentuant la virilité de sa physiono-
mie. Il portait un pantalon sombre dont le tissu moulait la
musculature de ses cuisses. La jeune femme ressentit une
terrible compassion, n'arrivait pas à croire qu'il ne puisse
se lever de son fauteuil et marcher.

La veille, au plus fort de sa colère, il s'était dressé et
tenu debout. La rage serait-elle la clé qui réussirait à
débloquer l'immobilisation de ses jambes ? Dans ce cas,
avec la certitude d'aboutir à l'effet désiré, elle se ferait
une joie de l'exciter à une fureur meurtrière.

A la regarder, svelte et irradiant la force dangereuse
d'une panthère au repos, le dessin ferme de ses lèvres
s'adoucissant tandis qu'il écoutait le babillage de Jamie,
Davina fut prise d'une envie folle de s'approcher de lui et
d'implorer son amour.

Rodriguez apparut fort heureusement avant qu'elle ne
cède à son impulsion, annonçant que la voiture était
avancée.

Quand Ruy fut installé au volant, Rodriguez ouvrit la
portière du passager à Davina avec un sourire chaleureux. Alors qu'elle se retournait pour s'assurer que Jamie
était bien assis, la jeune femme remarqua de nouveau une
expression de frustration intense sur le visage de Ruy.
Regrettait-il que Carmelita ne fût pas assise à sa place ?
Souhaitait-il que Jamie fût l'enfant qu'il aurait eu avec
elle ?

Le manager de Carlos les attendait à l'entrée des
arènes. C'était un petit homme, avec des yeux très noirs
et une petite moustache. Il fit à Davina l'impression d'un
personnage de *Carmen*, mais elle fut reconnaissante à
Carlos de le leur avoir adressé quand elle vit à quelle
rapidité les gradins se remplissaient. Le mot « *sombra* »
inscrit sur leurs billets signifiait que leurs places se
trouvaient à l'ombre, expliqua le *Señor* Bonares à Davina.
Carlos avait également eu la délicatesse de veiller à ce

qu'elles soient au bout d'un rang où le fauteuil de Ruy tenait à l'aise.

Le *Señor* Bonares avait même pensé à leur fournir des *almohadillas* : des coussins confortables à poser sur les sièges en bois.

— Les arènes de Ronda sont parmi les plus anciennes d'Espagne, déclara-t-il fièrement à Davina en s'asseyant sur le siège voisin du sien. Don Carlos m'a demandé de tout vous expliquer, ajouta-t-il avec un sourire. Aussi, comtesse, considérez que je suis tout à votre service.

En dépit de son allure d'acteur d'opéra comique, il se révéla excellent professeur. Comme le silence se mit à régner parmi la foule, il désigna à Davina le Président qui se trouvait dans une loge au-dessus d'eux.

Celui-ci fit un signe, incompréhensible pour Davina, mais manifestement clair pour le reste des spectateurs car le silence devint tendu avant d'être brusquement interrompu par les accents du *paso doble*, tandis qu'une procession s'avançait sur le sable blanc de l'arène.

En tête, venaient deux cavaliers, vêtus d'étonnantes tenues médiévales : les *alguaciles*, ou commissaires, expliqua le Señr Bonares dans un murmure étouffé, qui ne participaient pas à la *corrida* en elle-même. Leur apparition était une simple tradition.

Derrière les *alguaciles* suivaient les matadors, trois de front, dans leur *traje de luces* — le si bien nommé « costume de lumières » qui est sans doute l'habit masculin le plus spectaculaire du monde, brodé de paillettes scintillantes, or, argent et pourpre, et pesant une bonne dizaine de kilos précisa le *Señor* Bonares. Davina dissimula un petit sourire quand il lui désigna Carlos fièrement, déclarant avec un visage rayonnant :

— *Es muy hombre, si ?*

En ligne derrière les matadors se trouvaient leurs aides toreros, puis les picadors, à cheval, dont les jambières métalliques luisaient au soleil, et enfin, les *monosabios*

« les singes savants », comme sont nommés les valets de piste, et les attelages de mules servant à emporter les cadavres des taureaux.

A l'énoncé de ce dernier point, Davina frissonna, se rappelant qu'elle était là pour assister à des mises à mort. Les autres spectateurs semblèrent calmés par la même idée car la foule resta momentanément silencieuse. Puis la procession disparut dans le *callejon*, la galerie intérieure circulaire entourant l'arène.

Le Président agita de nouveau un mouchoir et, au son des tambours et des clairons, le premier taureau entra dans l'arène.

— Il est petit et timide, déclara le *Señor* Bonares sur un ton dédaigneux avant de se pencher derrière Davina pour parler à Ruy, qui tenait Jamie assis sur un de ses genoux afin que l'enfant ait une meilleure vue. Le comte est d'accord avec moi, reprit-il à l'adresse de la jeune femme. Celui-ci ne nous fera pas voir beaucoup de sport.

Sa prévision se révéla juste. Le taureau, à la satisfaction secrète de Davina, fut tué bien avant le délai des quinze minutes allouées pour le faire à partir de la première passe de *muleta*. Et le jeune *novillado* fut mollement acclamé par la foule.

— Les *novillados* ne font que les tenir en haleine, lui déclara le *Señor* Bonares. C'est Carlos qu'ils sont venus voir.

Il avait raison. Carlos passait en vedette, le dernier matador de l'après-midi. Il pénétra dans l'arène avec une démarche assurée et, après avoir salué les gens de la tribune officielle, il se tourna délibérément vers Davina pour lui dédier son taureau. Tandis qu'un murmure flatteur parcourait la foule, la jeune femme rougit de confusion et vit Carlos sourire en constatant son embarras.

Puis l'animal fut lâché. On annonça dans les haut-parleurs qu'il s'appelait « *Viento Fuerte* » — « Vent

Fort », traduisit le *Señor* Bonares pour Davina — et pesait cinq cent quarante kilos.

Davina contempla les premières phases de la *corrida*, la gorge sèche. Bien que le sable de l'arène eût été ratissé de frais, l'odeur du sang flottait dans l'air de manière écœurante en se mêlant à la chaleur sèche et à la tension qui émanait de la foule. La conjugaison de tout cela créait une atmosphère jusque-là inconnue de Davina mais qui, songea-t-elle, était sans doute l'équivalent moderne le plus proche de ce qu'avait dû être celle des arènes de la Rome antique.

Les picadors donnèrent leurs piques avec dextérité, mais Davina détourna les yeux, horrifiée, quand les cornes redoutables éraflèrent le poitrail d'un cheval.

— Ne t'inquiète donc pas pour cela, la monture est bien protégée par son *peto*, lui déclara Ruy sur un ton un peu ironique. Tu es trop impressionnable.

Puis les picadors se retirèrent et Carlos s'avança. Après qu'il eut admirablement posé ses *banderillas*, la foule lui fit une ovation.

— Le public n'aime pas que le matador perde du temps pendant cette phase, lui confia le *Señor* Bonares. Carlos a eu de la chance aujourd'hui. Le tirage au sort lui a donné un taureau *muy bravo*.

A la première passe de cape, Davina frissonna en voyant, sur le sol déjà rougi de son sang, le monstre à la robe noire charger tête baissée...

— *Por Dios... magnifico !* s'exclama le *Señor* Bonares tandis que la cape de Carlos s'élevait en tournant spectaculairement.

Le public manifesta bruyamment son enthousiasme, tandis que le *Señor* Bonares continuait :

— Un *afarolado*. Voyez comme l'animal passe près de lui. *Magnifico !*

Le silence revint dans les rangs des spectateurs pendant que Carlos exécutait des passes qui paraissaient plus dangereuses l'une que l'autre.

— Regardez avec quel *cargar la suerte* Carlos domine son taureau, intima son instructeur à la jeune femme. Il a du style et son taureau est brave.

La bête chargea de nouveau et, redressant tout à coup la tête, faillit prendre Carlos par surprise. La pointe d'une corne érafla le costume du matador, le déchirant en faisant un bruit qui s'entendit clairement. En voyant sa peau mise à nu par la déchirure, Davina frémit, prise de panique. C'était ainsi que Ruy avait été blessé, déchiré dans sa chair... Tandis que Carlos saluait l'assistance, tournant audacieusement le dos à son adversaire, la foule en délire se mit à l'acclamer et à l'applaudir.

Puis Carlos affronta de nouveau le monstre.

En le voyant charger Carlos, elle ferma les yeux, n'osant pas regarder la suite. Une ovation rauque s'éleva de la foule et le *Señor* Bonares s'écria sur un ton surexcité :

— *Por Dios*, c'était *perfecto !* Regardez, comtesse, l'épée est enfoncée... C'est fini, le taureau est vaincu !

La loge de Carlos était pleine de fleurs et de cadeaux qui lui avaient été offerts par des spectateurs. Il les accueillit avec un grand sourire. Il ne s'était pas encore changé et était assis sur une chaise, en bras de chemise. Celle-ci, trempée de sueur, collait à son torse. Sa veste était négligemment posée sur une chaise. Il se leva pour l'enlever et offrir le siège à Davina.

Elle était sur le point de s'asseoir quand, surprise, elle sentit que Carlos la prenait par la taille. Doucement il glissa deux doigts sous son menton.

— Auriez-vous oublié si vite, *querida ?* demanda-t-il d'une voix enrouée. Vous ne m'avez pas rendu mon gage.

Il faisait allusion au baiser qu'il lui avait donné avant son départ de l'*hacienda*, comprit-elle soudain, en souriant timidement. Dans le confinement de cette petite loge, il lui semblait différent, exalté et, d'une certaine manière, inconnu. Elle s'aperçut avec effarement que ses yeux luisaient d'excitation.

— Si vous ne me donnez ma récompense de bon gré, je vais devoir la prendre de force, murmura-t-il, baissant la tête et forçant ses lèvres dans un baiser passionné.

Davina leva instinctivement une main vers son épaule pour le repousser, mais fut battue de vitesse :

— *Bastante !* lança Ruy sur un ton mordant. Tu t'oublies, Carlos ! Ou imaginerais-tu que mon infirmité te permette de me déshonorer sans crainte de représailles ?

— Un simple baiser... toi qui possèdes tant, tu ne vas pas me chicaner pour si peu ? rétorqua Carlos sur un ton badin, redevenant le jeune homme charmant que Davina aimait bien. Tu exagères la portée de mon geste. Allons, je vous invite à dîner en ville en compensation, *si ?*

Le repas ne fut pas des plus joyeux. En dépit de tous les efforts de Carlos pour détendre son ami, la tension s'accroissait entre eux, créant une atmosphère chargée d'électricité à la manière du calme oppressant qui précède le déchaînement d'un violent orage.

Davina mangea du bout des lèvres. Alors qu'elle ne se sentait déjà pas très en appétit, le peu qu'elle avait s'était trouvé complètement coupé en voyant inscrit au menu : *filete de toro.*

Carlos les informa qu'il ne rentrerait pas avec eux, car il devait souper avec son manager et passerait la nuit chez lui. En se penchant pour ouvrir la portière de la Mercedes à Davina, il mumura sur un ton contrit :

— Pardonnez-moi, *querida*, je crains d'avoir réveillé en Ruy le tigre endormi. Et vous allez sans doute devoir payer les conséquences de mon imprudence. Mon intention était seulement de l'aiguillonner légèrement, mais j'avais oublié que je serais aujourd'hui enivré par le sang du taureau, et que cela rend stupidement téméraire. Je vous rendrai visite à l'*hacienda* avant de quitter Ronda.

— Pour vous assurer que je suis toujours vivante? demanda Davina tristement en le laissant l'embrasser légèrement sur une joue.

Ruy resta muet pendant tout le trajet de retour. Il semblait s'être retranché dans un mutisme glacial. Les rares fois où il jeta un regard à la jeune femme, son expression était si méprisante qu'elle eut l'impression de se pétrifier.

Quand ils arrivèrent à la maison, Jamie dormait à poings fermés. Elle le prit dans ses bras pour le sortir de la voiture dans la tiédeur de la nuit odorante, trouvant inutile de le réveiller pour lui faire prendre un bain avant de le coucher.

On pouvait seulement entendre le bruit des criquets qui rompait le silence morne qui lui semblait planer au-dessus d'elle comme un nuage menaçant.

Quand elle eut mis Jamie au lit, la somnolence qui l'avait gagnée au cours du voyage s'était complètement dissipée. Mais elle n'avait aucune envie de descendre au salon affronter Ruy.

Comme elle se sentait néanmoins nerveuse, elle enleva sa robe et se mit un jeans avec une chemise à carreaux écossais. Prise d'une envie subite, elle décida de retourner examiner l'endroit où s'était produit l'accident de Ruy, songeant que cela lui inspirerait peut-être un moyen de le libérer des liens invisibles qui l'immobilisaient.

Le Dr Gonzales lui avait dit que la médecine contemporaine était loin d'avoir élucidé tous les mystères des mécanismes du subconscient. Mais en songeant au vaudou et aux envoûtements des sorcières du Moyen Age, Davina se demanda si, dans certaines civilisations plus antiques, certaines personnes n'avaient pas détenu quelques secrets de cette connaissance, en les voilant de mystère et de crainte.

Elle sortit dans la nuit, le cœur battant, et s'arrêta un instant sur le seuil pour reprendre son calme. Elle entendit s'élever au milieu du silence un faible chuintement de roue. Se retournant, elle vit Ruy propulser son fauteuil vers elle dans le vestibule, le visage livide de rage.

— Ainsi... tu sors de ma maison la nuit à la dérobée. Pour aller où ? Retrouver ton amant ?

Il la saisit violemment par les poignets, fit pivoter son siège, et l'entraîna dans l'ascenseur qui avait été installé pour lui permettre de se déplacer seul entre les étages.

La cabine était dans le noir. L'électricité y était installée, mais Ruy n'alluma pas. La jeune femme eut l'impression que l'obscurité l'engloutissait, et elle fut soulagée quand ils débouchèrent sur le palier.

Mais son soulagement fut éphémère.

L'angoisse la reprit quand, après l'avoir attirée brutalement dans leur chambre, il claqua la porte derrière eux, la verrouilla et jeta la clé sur un fauteuil.

— Comme cela, déclara-t-il, quand ton cher ami arrivera, il aura la joie de comprendre que son retard ne t'a pas privée des caresses auxquelles ton corps aspire si manifestement, même si elles te sont prodiguées par d'autres mains que les siennes.

— Ruy, tu ne comprends pas...

Il étouffa sa tentative de protestation en s'emparant sauvagement de sa bouche, tandis que son esprit chavirait. Il glissa sa main libre dans l'échancrure de son chemisier dont il écarta brutalement l'étoffe, découvrant la nudité nacrée de sa peau.

Il promena ses lèvres avec avidité sur la chair tendre. Le souffle court, Davina entendit son chemisier se déchirer sous les mains impatientes tandis qu'elle devenait incapable d'aucune pensée cohérente en dehors de ce qui n'était pas lui. La chaleur diffuse qui se répandait dans ses veines lui semblait l'amollir jusqu'à la moelle des os, et son corps devint un roseau flexible entre les bras qui la retenaient prisonnière. Ruy la poussa sur le lit qui se trouvait derrière elle, se roulant dessus dans le même mouvement. Clouée sous lui par le poids de son corps, elle sentait tous ses muscles tendus, ses hanches étroites sous l'étoffe mince de son pantalon, son ventre plat et dur. Elle entendit sa respiration saccadée quand il enleva son jean d'une main en la maintenant immobile de l'autre, tandis que son regard sombre comme la nuit détaillait intensément son corps de la tête aux pieds.

Quand il releva les yeux vers son visage, tous deux étaient hors d'haleine.

— Ainsi tu veux un amant... eh bien, tu vas en avoir un, murmura-t-il. Un amant dont tu garderas le souvenir jusqu'à ton dernier jour. *Por Dios*, j'ai lutté pour éviter cela, essayant de me convaincre que le désir seul ne devrait jamais souiller la douce satisfaction de l'amour. Je n'en éprouve pas moins une volupté amère rien qu'à te contempler.

Mais que racontait-il ? Bien qu'il aime Carmelita, il la désirait *elle* ? Tout en se méprisant pour cela ?

Il s'agita fébrilement et prit son visage au creux de ses paumes tandis qu'un gémissement sourd s'échappait de ses lèvres.

Elle se sentit gagnée par un désir d'une intensité lancinante, et baissa les cils afin que Ruy ne puisse lire dans ses yeux l'ampleur de son trouble. L'enlaçant d'un bras, il l'écarta légèrement de lui et admira la nudité de sa chair nacrée. Elle vit son torse se soulever et s'abaisser irrégulièrement.

— Pour ce soir, oublie qu'il n'y a pas d'amour entre nous, murmura-t-il d'une voix rauque. Regarde-moi, et comprends que je te désire comme je peux t'amener à me désirer. Et contentons-nous de cela. J'ai envie de toi, Davina, ajouta-t-il doucement. Est-il impossible que nous trouvions l'apaisement ensemble ?

Ces mots achevèrent de briser les dernières résistances de la jeune femme. Après tout, pour être honnête avec elle-même, elle devait reconnaître ne rien vouloir davantage qu'être serrée dans ses bras en sachant qu'il avait besoin d'elle... et l'aimait, protesta en son for intérieur une petite voix têtue qu'elle refusa d'écouter.

Elle tendit vers lui des mains implorantes et les posa sur ses larges épaules. Et, l'entendant marmonner quelque chose d'inintelligible, elle ferma les yeux comme une enfant devant un spectacle qui l'effraye.

— Déshabille-moi, Davina.

Cet ordre chuchoté d'une voix enrouée libéra ses sentiments contenus. Elle glissa ses mains sur la chemise de Ruy et commença lentement à la déboutonner. Mais il l'écarta avec un gémissement impatient et termina avec plus de sûreté. Jusque-là, par timidité et incertitude, elle avait toujours refréné ses élans. Mais, cette fois, tout en elle l'incitait à accepter ce que les hasards du destin lui avaient offert.

Elle contempla le corps viril et bronzé de Ruy, s'émerveillant de sa musculature restée athlétique en dépit de son accident. Des rayons de lune éclairèrent sa cicatrice et, fronçant les sourcils, elle effleura du bout des doigts la cicatrice en zigzag.

— *Dios, querida*, comme j'adore la douceur de tes lèvres sur ma peau ! murmura Ruy, écartant ses craintes qu'il ne la repousse.

Elle courba la tête et suivit tendrement le tracé de la blessure, sans être rejetée mais, tout au contraire, encouragée.

— *Adorada*... aime-moi, implora Ruy d'une voix rauque, l'attirant vers lui.

Il avait la respiration haletante et ses mains caressantes incitaient la jeune femme à se blottir contre lui. Elle le sentait frémir sous ses mains et il lui murmurait des mots d'amour, entrecoupés de baisers qui provoquaient en elle des frissons voluptueux, éveillant tous ses sens à l'aspiration d'une union totale. Il s'écarta un peu, comme s'il voulait les conduire tous deux au paroxysme de l'émoi avant de leur accorder la satisfaction complète du désir qui les consumait.

Il l'avait troublée au point que plus rien ne lui importait sinon la douce reddition de son corps à la domination du sien. Et Davina savait instinctivement que son égarement égalait le sien.

Ses yeux étaient voilés et de la sueur perlait sur sa peau, luisant comme de la soie, quand il promena sa bouche le long des épaules de la jeune femme, s'y attardant quand elle frissonna de bien-être. Puis il glissa sur sa gorge, la faisant vibrer d'une attente accrue par la douceur tiède de sa main remontant le long de sa jambe.

Elle murmura son prénom dans un gémissement qui déclencha une réaction immédiate.

Alors qu'elle tremblait d'incertitude, se demandant s'il cherchait de nouveau seulement à l'affoler, son corps vint lui apprendre qu'il n'en était rien en se mêlant au sien.

Cette fois, ce fut différent. Cette fois, le désir qui la dévorait put s'embraser dans une fusion totale qui la transporta vers des cimes de volupté encore inconnues. La bouche de Ruy sur la sienne atténuait ses cris et ses gémissements d'abandon au plaisir qui la dévorait avec une intensité ne laissant de place à rien d'autre.

— A présent, tu n'oseras plus me quitter à nouveau, déclara Ruy dans un murmure satisfait quand ils furent tous deux apaisés. Ce soir, *querida*, je t'ai fait l'enfant qui sera le frère ou la sœur de Jamie. Carlos ne pourra plus t'enlever maintenant. La maternité est sacro-sainte pour un Espagnol. Il ne te détournera pas de moi pendant que mon bébé mûrit dans ton corps.

Davina resta muette, les yeux brouillés de larmes. C'était donc l'explication ! Pour qu'elle ne parte pas avec

Carlos. Si Ruy avait pu imaginer que cela ne risquait pas de se produire, il se serait épargné cette corvée.

Davina aurait dû lui en vouloir. Mais elle en était incapable. Elle l'aimait trop pour cela. Elle toucha timidement son ventre et ne put retenir un frisson de plaisir à l'idée d'avoir un autre garçon ou une fille... de lui. Elle contempla son corps endormi. Si seulement elle pouvait trouver un moyen pour le libérer du blocage qui l'empêchait de marcher !

10

Davina se leva tôt. Elle n'avait pas fermé l'œil de la nuit. Elle allait et venait dans le patio quand une jeune fille, venue dresser la table pour le petit déjeuner, lui proposa du café en souriant timidement. Pendant qu'elle le sirotait lentement, un plan commença à germer dans son esprit. Un projet dangereux, voire fatal... mais Davina décida néanmoins de le mettre à l'épreuve.

Sous le prétexte de rapporter sa tasse, elle se rendit dans la cuisine. Dolores parlait à son mari, mais s'interrompit, l'accueillant avec un sourire chaleureux.

— Enrique attent le *patrón*. C'est l'heure où il va sélectionner les taureaux.

Ce que Davina n'ignorait pas, mais dont elle était venue chercher confirmation. La déclaration de Dolores lui évita de le demander. Une sonnette tinta, signalant que Ruy appelait Enrique.

Après le départ du régisseur, Davina sortit de la maison en s'efforçant de prendre une attitude naturelle. Son chemisier rouge avait au soleil un éclat éblouissant. Comme elle portait rarement du rouge, cette blouse s'était trouvée dans sa valise par un pur coup de chance.

Une activité intense régnait du côté des pâtures des taureaux. Davina entendit leurs meuglements bien avant de les voir. Son estomac se noua quand elle aperçut le premier. Sa robe noire luisante avait le même éclat de jais que les cheveux de Ruy, et une lueur menaçante brillait dans ses petits yeux injectés de sang sous ses cornes redoutables. Angoissée, elle essaya de ne pas le regarder. Elle vit Enrique et Ruy s'approcher des torils, et se dirigea sous le couvert d'un olivier. S'ils l'apercevaient, elle pourrait toujours prétendre être venue là pour se promener.

Ils ne la remarquèrent pas. Ruy, le front plissé, écoutait attentivement des propos que lui tenait Enrique.

Davina savait que les taureaux sélectionnés pour être convoyés ce matin-là devraient traverser la cour située entre les enclos et les torils. Carlos lui avait expliqué la veille que cet instant était le plus dangereux de la manœuvre car, à ce moment-là, aucune barrière ne contenait les bêtes. Seule la dextérité des gardiens à cheval empêchait les animaux de s'échapper.

C'était dans des circonstances similaires que Ruy avait eu son accident, en raison d'une brève négligence d'un jeune aide. Davina avait les paumes moites et la sueur perlait à son front. Son chemisier rouge semblait absorber la chaleur. Elle avait l'impression de sentir à nouveau, comme dans les arènes, des odeurs mêlées de sang et de sable chaud.

Elle constata du coin de l'œil que Ruy et Enrique étaient arrivés à l'abri de la palissade. Enrique lança un ordre aux cavaliers postés auprès de la barrière de la pâture.

« Mon Dieu, faites que cela réussisse », pria Davina quand elle entendit les hommes exciter les bêtes de la voix. Quoi qu'il advienne, Ruy ne risquerait rien. Et elle ? Elle frissonna en se rappelant les cornes pointues et les petits yeux injectés au regard féroce. Un taureau prend la mesure de l'homme qu'il décide d'attaquer, tout comme un matador prend celle de son taureau, lui avait expliqué Carlos. Réprimant la panique qui montait en elle, Davina attendit que le troupeau soit acheminé. Il y en avait quatre. Mais elle n'en voyait qu'un : le grand noir qui avait attiré son attention le premier.

Elle s'avança vers la cour comme une somnambule.

Derrière elle, s'élevaient les incitations adressées par les hommes aux taureaux pour les faire avancer. Les claquements des sabots des chevaux résonnaient sur les pavés. Des cris d'inquiétude retentirent soudain parmi les bruits des travaux quotidiens quand on s'aperçut de son manège.

Ruy se trouvait en face d'elle, et la jeune femme concentra toute son attention sur lui, les yeux rivés sur son visage tout en restant sourde aux injonctions qu'il lui criait.

Elle savait avoir encore le temps de retourner derrière l'abri de la barrière. Celle-ci se trouvait à trois mètres derrière elle. Il lui restait amplement le temps de repartir s'assurer de sa protection avant qu'une demi-tonne de muscles et d'os ne vienne fondre sur elle.

Davina avait choisi délibérément un chemisier rouge pour attirer l'attention des bêtes. Alors qu'ils se trouvaient entre elle et les gardiens, Enrique, sur un ton furieux, incita ses aides à l'attraper. Elle n'hésita plus, et s'avança sans leur en laisser le temps. Elle entrevit l'énorme monstre noir dans l'angle de son champ de vision, mais sa détermination n'en fut pas ébranlée pour autant, elle continua d'avancer, sans cesser de fixer Ruy.

Elle comprit soudain, au brusque silence des hommes, que le taureau l'avait remarquée et s'apprêtait à charger. Davina se mit alors à courir, non pas dans l'intention d'aller se mettre à l'abri, mais en diagonale à travers la cour, changeant de direction selon le martèlement des sabots de l'animal.

Tout se jouait désormais entre elle et le taureau. Les hommes avaient réussi à éloigner les autres, mais celui-ci, ce noir messager de la mort, galopait derrière elle et se mit à meugler en sentant l'odeur de sa peur.

— Davina, par ici ! Ne cours pas. Marche lentement...

Elle entendit très bien ces conseils, mais ne les suivit pas. Elle était consciente que ses mouvements désordonnés poussaient le taureau à la poursuivre.

Le cœur battant à se rompre sous l'effet de la terreur, elle entendait les gardiens appeler le taureau de la voix. L'un d'eux agitait un leurre rouge pour tenter de distraire son attention. Mais il n'avait d'yeux que pour Davina. En face d'elle, Ruy s'agrippait aux coudes de son fauteuil, blême de peur. Elle se demanda l'espace d'un instant pourquoi il avait l'air effrayé, alors qu'elle s'attendait plutôt à le voir furieux. Puis elle heurta un pavé, sentit une douleur fulgurante dans une cuisse, brûlante comme un fer rouge.

Avant de perdre conscience, elle songea désespérément qu'elle avait échoué. Ruy n'avait pas bougé, ne s'était pas levé de son fauteuil comme elle l'avait espéré... Elle avait sacrifié sa vie pour rien.

Il faisait sombre, et Davina sentait des élancements douloureux dans une jambe. En essayant de bouger, la douleur s'accrut, lui arrachant un gémissement.

— Bien, vous voilà réveillée.

Le Dr Gonzales, se penchant au-dessus d'elle, braqua le faisceau d'une lampe électrique sur ses yeux, la faisant ciller.

— Au moins, elle n'a pas de commotion cérébrale, déclara sur un ton soulagé quelqu'un qui se tenait derrière lui.

Pendant un bref instant d'effarement, Davina pensa que c'était Ruy. Mais ce ne pouvait pas être Ruy. Ruy était incapable de se tenir debout. Le médecin s'écarta et le jeune femme reconnut la silhouette svelte de sa belle-mère. Mais la comtesse lui sembla différente. Il lui fallut quelques instants avant de comprendre pourquoi : elle pleurait.

— Oh, Davina, comment avez-vous pu faire une chose pareille ? Courir un tel risque ! N'avez-vous pas pensé à Jamie, à...

— Il faut qu'elle se repose, l'interrompit doucement le médecin. Elle a subi un choc physique très violent. Et le cœur aussi est blessé, je crois. Mais hélas pour cette blessure-là, ce n'est pas moi qui serai en mesure de la soigner.

Son regard semblait receler une compréhension dont le sens échappait à Davina. Elle se rappelait seulement avoir pris un risque immense... et avoir perdu.

Le docteur lui tendit un verre qu'elle avala d'un trait tellement elle avait soif, comprenant trop tard qu'il contenait un somnifère.

Quand elle s'éveilla de nouveau, Ruy était assis à son chevet dans son fauteuil, avec Jamie perché sur ses genoux.

— Vilaine maman, la gronda sévèrement le bambin au moment où elle ouvrit les yeux. Il ne faut pas approcher des taureaux !

— Que cherchais-tu à faire ? demanda Ruy sur un ton uni. A te tuer en même temps que mon enfant ?

Il manœuvra son fauteuil et sortit sans lui laisser le temps de répondre. Davina se réfugia dans le sommeil, oubliant ainsi la douleur lancinante de sa cuisse, comme celle qui rongeait son cœur.

Elle resta alitée trois jours, sans revoir Ruy. Mais aussi, pourquoi aurait-il pris la peine de lui rendre visite ? songeait-elle tristement. La comtesse était restée à l'*hacienda* et venait bavarder avec Davina tous les jours. Son acte insensé aurait au moins servi à la rapprocher de sa belle-mère, réfléchit Davina un après-midi où Jamie était parti en promenade avec sa grand-mère.

Le Dr Gonzales se montra content de la manière dont

la jeune femme se rétablissait. Encore une journée d'alitement, puis elle pourrait se lever, promit-il quand il vint l'ausculter. Il ne lui posa pas une seule question sur ce qui l'avait amenée à traverser la cour. Davina en fut un peu surprise, car elle s'attendait à ce qu'il soupçonne l'espoir qui avait motivé son entreprise.

Dolores lui apporta son dîner au même instant où la comtesse rentrait de promenade avec Jamie. Elles s'efforçaient visiblement toutes deux de contenir leur gaieté.

Davina s'étonna que la comtesse ne propose pas de lui tenir compagnie pendant qu'elle dînait, comme elle l'avait fait ces derniers jours, expliquant que Ruy était occupé. Alors qu'elle terminait son omelette, Davina entendit claquer une portière de voiture, puis la voix de Dolores qui poussait des exclamations ravies. Qui donc pouvait bien leur rendre visite ?

Un coup frappé à sa porte la fit sursauter. Elle la regarda s'ouvrir sur Ruy, dans son fauteuil. Elle songea avec amertume que sa blessure lui avait apporté ce que ses supplications n'avaient pu obtenir : ils faisaient désormais chambre à part.

— Tu te sens mieux ? s'enquit-il.

Le chagrin lui noua la gorge.

— Oui, murmura-t-elle en baissant les yeux pour le dissimuler.

— Ce que tu as fait était de la folie. Tu risquais d'être tuée.

— Oui, convint-elle laconiquement.

— Alors, pourquoi l'as-tu fait, *amada* ?

La douceur avec laquelle il avait prononcé ce mot la fit frissonner comme une feuille légère tremble sous le vent.

— Je...

— Oui ? l'encouragea Ruy.

— Je...

A son horreur, deux grosses larmes roulèrent le long de

150

ses joues et allèrent s'écraser sur la main de Ruy, posée sur le lit.

— Des larmes ? demanda-t-il d'une voix si tendre que Davina en fut bouleversée. Pourquoi, *querida ?*

Comme elle restait muette, changeant de tactique, il reprit sur un ton arrogant :

— Est-il vrai que tu m'aimes ?

— Crois-tu que je le devrais ? rétorqua Davina quand elle revint de sa surprise, songeant qu'être au lit et ne porter rien d'autre qu'une légère chemise de nuit en soie n'était pas une position idéale pour se défendre.

— Non. Mais Carlos semble penser que tu le pourrais.

Carlos ? Comment avait-il pu la trahir ? Elle observa le visage de Ruy d'un air abasourdi, essayant de discerner s'il cherchait seulement à la mettre à l'épreuve, màis n'y découvrit qu'une tendresse amusée, ainsi qu'une autre expression — une expression qu'elle se souvenait lui avoir vue une seule fois : le jour où elle avait accepté de l'épouser. Les hommes étaient odieux, ragea-t-elle intérieurement. Alors qu'il en aimait une autre, il prenait plaisir à l'obliger d'avouer son amour. Il saisit sa main et la porta à ses lèvres, embrassant ses doigts l'un après l'autre sans quitter son visage des yeux. Elle sentit des ondes de plaisir la parcourir tout entière, lui faisant oublier les élancements douloureux de sa cuisse, mais impuissantes à apaiser le tourment de son cœur.

— Eh bien ? insista Ruy doucement. Est-ce vrai ? Est-ce que tu m'aimes, *adorada ?*

Ses larmes roulèrent sur leurs mains toujours jointes.

— Voilà que tu pleures ! Je ne comprends pas pourquoi. Tu as traversé cette cour délibérément, n'est-ce pas, Davina ? demanda-t-il d'une voix qui n'était plus tendre mais pleine de colère.

— Je voulais... s'interrompit-elle en ayant du mal à soutenir son regard.

— Quoi donc ? s'enquit-il doucement en se renfonçant

dans son fauteuil. Que voulais-tu ? Marcher de nouveau avec moi au clair de lune et te blottir dans mes bras sous les orangers, peut-être ?

Le cœur serré, elle détourna les yeux, se refusant à le regarder.

— Eh bien, nous le referons, murmura Ruy d'une voix enrouée, comme s'il était incapable de conserver son sang-froid plus longtemps. Mais, pour l'intant, il faudra que tu te contentes de rester ici, lumière de ma vie.

Elle releva la tête brusquement, et se figea, incapable d'en croire ses yeux : Ruy, debout, se penchait vers elle et la prit dans ses bras en s'asseyant sur le lit.

Quand ses lèvres se posèrent sur les siennes, elle se mit à trembler, n'arrivant pas à comprendre qu'elle ne rêvait pas. Ruy s'écarta légèrement pour la contempler avec un petit sourire amusé.

— Très bien, *pequeña*, passons d'abord aux explications. En premier lieu, ajouta-t-il, le visage assombri, je te supplie de pardonner ma cruauté et ma conduite insultante, *querida*. Ma seule excuse est que j'étais fou de jalousie...

Devant l'expression incrédule de Davina, il eut un rire amer et reprit :

— Jalousie est un terme bien faible pour décrire l'enfer que j'ai traversé. Pour commencer, quand tu m'as quitté. Puis durant les longues années de notre sépara-tion. Et, plus récemment, en subissant le supplice de t'imaginer amoureuse d'un autre... Je ne suis cependant pas seul à blâmer, *adorada*. Quand j'ai téléphoné à ma mère pour lui annoncer que tu étais blessée, elle a insisté pour venir aussitôt à l'*hacienda*. Elle était au bord de la crise de nerfs. Tu m'avais rendu l'usage de mes jambes, en risquant volontairement ta vie, et elle était horrifiée de t'avoir fait tant de mal. Vois-tu, *pequeña*, *madre* s'était mis en tête de me faire épouser Carmelita. Je dois avouer y avoir songé... avant de te rencontrer. Car dès l'instant

152

où mes yeux se sont posés sur toi, j'ai compris ne vouloir personne d'autre pour femme.

— Mais, je pensais que tu étais épris de Carmelita et ne m'avais choisie que pour la rendre jalouse, objecta Davina.

Ruy eut un sourire tendrement taquin.

— C'est bien de la naïveté de supposer qu'un homme, n'importe lequel, irait jusqu'à une telle extrémité pour retenir l'attention d'une autre femme! Non, je t'ai épousée parce que je n'osais pas te laisser t'éloigner de mes yeux par peur de te perdre. Tu étais si jeune, tellement innocente... Je m'étais dit que je t'apprendrais à m'aimer autant que je t'aimais.

— Tu veux dire que, malgré ton expérience, tu n'avais pas compris que mon amour t'était acquis? s'étonna Davina, étourdie par la joie qui l'envahissait.

— Ah, les leçons de l'expérience s'envolent quand l'amour frappe à la porte, rétorqua Ruy sur un ton sagace. A elles deux, ma mère et Carmelita nous aurons causé bien des souffrances. *Madre* m'a enfin tout expliqué. Comment elle t'a fait croire que je me trouvais avec Carmelita pendant que tu mettais notre enfant au monde. Alors que, en fait, j'avais dû me rendre à une réunion que je ne pouvais remettre... Après, j'ai roulé toute la nuit pour découvrir, en arrivant à la clinique, que tu étais partie en emportant le bébé avec toi. J'ai cru devenir fou. Carmelita soutenait que tu t'étais enfuie en compagnie de ton amant, et ma mère appuyait ses dires. Que pouvais-je faire? Si j'étais allé à ta recherche, je savais que je risquais de te tuer. Je me suis dit que je finirais par t'oublier...

— Comment as-tu pu faire confiance à Carmelita? murmura Davina. Tu aurais dû savoir...

— Je savais seulement que tu fondais comme du miel entre mes bras, avoua Ruy simplement. Et que tes yeux prenaient l'éclat velouté des pensées. Mais je n'osais pas me hasarder en conjectures sur les secrets de ton cœur, par crainte de m'apercevoir qu'il m'était fermé.

— Alors que tu as toujours été seul à l'occuper, chuchota Davina rêveusement.

— Quand je t'ai revue au *Palacio*, en comprenant ce que ma mère avait fait, j'étais horrifié. Je ne pouvais supporter l'idée de te faire pitié. Ta présence me torturait. J'avais tellement envie de toi que je ne pouvais plus ni manger ni dormir. Tout en songeant que m'imposer à toi était un acte indigne d'un homme, je ne pouvais m'en empêcher.

— Oh, Ruy ! murmura-t-elle.

Il embrassa doucement ses lèvres tremblantes et elle noua ses bras autour de son cou tandis qu'il la serrait contre lui, en murmurant :

— Nous avons beaucoup de temps perdu à rattraper. Et il va falloir que tu rassures quelqu'un, ajouta-t-il en feignant un ton sévère. Carlos a téléphoné pour prendre de tes nouvelles. Je suppose qu'il imagine que je t'ai délibérément incitée à risquer ta vie pour moi. Il a menacé de me tuer avant que je lui annonce que je n'étais plus un infirme sans défense. Il m'a alors déclaré que tu m'aimais. Pour cela, je lui ai promis qu'il serait le parrain de notre prochain enfant.

Les yeux pétillants de malice, il attendait qu'elle relève la provocation. Mais Davina se sentait trop délirante de bonheur pour s'en formaliser.

— Oh, Ruy ! Je suis si heureuse que tu marches ! lança-t-elle, les yeux embués.

— Encore des larmes, répliqua-t-il d'un air faussement horrifié. Oui, je marche. Grâce à toi. Quand tu t'es mise à courir devant ce taureau, j'ai frémi de rage impuissante. Je ne pouvais pas intervenir. Tu courais un danger mortel, et je ne pouvais rien faire pour te sauver. Je me suis alors souvenu du fusil que nous gardons pour de tels cas d'extrême urgence. Et j'ignore comment, mais je me suis levé pour aller le chercher. Et je ne sais encore qui a été le plus surpris, de moi ou du taureau, quand je lui ai tiré dessus.

— Oh, Ruy...

— C'est tout ce que tu trouves à dire ! Est-ce que tu comprends ce que tu m'as coûté ? Ce taureau valait une fortune. J'espère que tu pourras compenser sa perte.

— Je m'y efforcerai, pourvu que je puisse payer en nature, assura Davina, entrant dans l'esprit du jeu.

Ruy fit semblant de réfléchir, la tête inclinée de biais.

— *Si*... à condition que la réparation que tu envisages se mesure en baisers et en longues nuits passées dans tes bras, *querida*. Nous avons tellement de temps perdu à rattraper. Je t'emmène en voyage pour une vraie *luna de miel*, cette fois. Nous irons à Minorque où j'ai une villa. *Madre* s'occupera de Jamie pendant que nous serons absents. Tout est arrangé. Il ne manque plus que ton consentement, termina-t-il sur un ton enroué.

— Oui... chuchota Davina, les lèvres contre son cou, ravie de sentir ses muscles se tendre et de voir ses yeux brûlants de désir quand il l'écarta de lui pour la contempler pendant quelques secondes.

— *Madre de Dios !* s'exclama-t-il tendrement. Est-ce ainsi que tu traites un homme qui sort de l'hôpital ?

Elle le dévisagea d'un air à la fois interrogateur et inquiet. Il sourit en déclarant sur un ton rassurant.

— Tout va bien. Le Dr Gonzales m'a demandé de faire un examen complet, et j'ai maintenant la certitude de fonctionner tout à fait normalement.

Un bref sourire erra sur ses lèvres et il continua :

— Les infirmières m'ont trouvé nerveux, mais elles ont compris mes raisons quand je leur ai expliqué que j'avais hâte de retrouver ma femme. C'est pourquoi je ne suis pas venu te voir plus tôt... Pour cela, et parce que je craignais que tu n'aies pris une décision aussi dangereuse pour...

— Me tuer en même temps que ton enfant, lui rappela Davina avec un sourire triste.

— *Dios*, pardonne-moi cette réflexion abominable, supplia Ruy avec un soupir. Non, *querida*, ce que je craignais surtout, connaissant ton cœur tendre, c'était que tu aies voulu me libérer afin de retrouver ta liberté. Ce qui m'a même donné la tentation de prétendre que je n'étais pas guéri. Carlos m'a rassuré sur ce point, ainsi que l'expression de ton visage quand tu m'as regardé entrer ici ce soir. Comment as-tu pu imaginer que je puisse attacher une importance quelconque à ma vie sans toi ?

— Le Dr Gonzales avait dit que cela pourrait réussir… fut tout ce qu'elle trouva à répliquer.

— Je suis persuadé qu'il n'a jamais rien avancé de semblable. Il n'aurait pas plus que moi souhaité que tu prennes un tel risque. Mais je dois avouer qu'il m'a donné de quoi réfléchir. J'avais refusé de le croire quand il m'avait déclaré que ma paralysie provenait d'un blocage mental. J'étais trop orgueilleux pour admettre, comme il le présumait, que ce fût un moyen d'implorer ton retour, et que mon corps, connaissant mieux que moi ta douceur et ta tendresse, te savait incapable d'être une créature comme celle que je m'obstinais à t'imaginer.

Il la contempla un instant en silence, avec une expression qui la fit rougir, et reprit :

— A présent, *querida*, je pense qu'il serait temps de te prouver ma gratitude avec davantage que des mots, *si ?* Que préférerais-tu ? demanda-t-il, taquin. Aimerais-tu danser afin de t'assurer de mon complet rétablissement ? Ou…

Tirant sur sa chemise avec insistance, Davina amena son visage à la hauteur du sien. Ses lèvres s'entrouvrirent, implorant muettement, mais elle se refusa à prendre plus d'initiative.

156

— *Adorada*, murmura Ruy d'une voix enrouée avant de l'embrasser en ajoutant : ma bien-aimée Davina...

Elle grimaça involontairement quand les caresses de ses mains sur son corps pesèrent sur la blessure de sa cuisse. Le Dr Gonzales lui avait assuré que la cicatrice s'estomperait avec le temps. La balafre était nette et peu profonde. Mais, pour l'instant, elle la faisait souffrir désagréablement.

— Qu'y a-t-il ?

Si elle avait auparavant douté des déclarations de Ruy, elle aurait été obligée d'y croire devant son regard qui fit fondre son cœur de tendresse.

Il suivit des yeux son geste.

— *Si...* chuchota-t-il.

Puis il la repoussa doucement sur le lit en écartant la soie légère de sa chemise de nuit.

Elle frissonna de plaisir quand il posa ses lèvres caressantes sur sa chair meurtrie.

— Oui, c'est une sensation brûlante ce contact de l'être aimé contre nos blessures, convint-il d'une voix rauque en la prenant dans ses bras. N'est-ce pas ? Cette nuit, nous serons l'un et l'autre un baume pour notre cœur et notre âme, *amada*, et tu ouvriras les yeux au matin serrée dans mes bras... comme tous les matins de notre vie.

Davina gémit son nom sous son baiser, transportée de bonheur. Elle était exactement là où elle désirait se trouver : étroitement enlacée dans le havre de l'étreinte de Ruy.

LE SCORPION

(23 octobre-21 novembre)

Signe d'Eau dominé par Pluton : Initiative.

Pierre : Obsidienne.
métal : Fer.
Mot clé : Création.
Caractéristique : Courage.

Qualités : Puissance, et conscience de la puissance. Charme irrésistible. Les dames du Scorpion sont des ensorceleuses. Elles font fondre les cœurs.

Il lui dira : « Je vous aime, et c'est pour la vie. »

SCORPION

(23 octobre - 21 novembre)

De tous les signes, les Scorpions sont ceux qui ont le comportement le plus noble devant l'adversité.

Face à une situation tragique, ils choisissent la voie de la lucidité et de l'héroïsme au lieu de se cacher pour pleurer en secret. Davina, par amour pour son fils, est prête à essuyer toutes les rebuffades de son ex-mari. Sa tenacité lui vaut des récompenses bien méritées.

Collection Harlequin

Recevez chez vous 6 nouveaux livres chaque mois—et les 4 premiers sont gratuits!

En vous abonnant à la Collection Harlequin, vous êtes assurée de ne manquer aucun nouveau titre! Les 4 premiers sont gratuits—et nous vous enverrons, chaque mois suivant, six nouveaux romans d'amour.
Mais vous ne vous engagez à rien: vous pouvez annuler votre abonnement à tout moment, quel que soit le nombre de volumes que vous aurez achetés. Et, même si vous n'en achetez pas un seul, vous pourrez conserver vos 4 livres gratuits!